화인火印

나남
nanam

나남시선 86

화인 火印

2017년 4월 15일 발행
2017년 4월 15일 1쇄

지은이_ 장진기
발행자_ 趙相浩
발행처_ (주) 나남
주소_ 10881 경기도 파주시 회동길 193
전화_ (031) 955-4601 (代)
FAX_ (031) 955-4555
등록_ 제 1-71호(1979.5.12)
홈페이지_ http://www.nanam.net
전자우편_ post@nanam.net

ISBN 978-89-300-1086-3
ISBN 978-89-300-1069-5(세트)
책값은 뒤표지에 있습니다.

화인 火印

장진기 시집

나남
nanam

비우고 또 비웠더니
變通이 왔다.
좋은 인연들을 건너뛰며
눈물 나는 시집을 엮게 되었다.

2017년 3월 10일

장 진 기

나남시선 86

화인 火印

장진기 시집

차 례

제2부 이승의 밤

제3부 화인火印

제 4 부 **동진강의 가을**

제5부 수도암 꽃무릇

1

묵적
墨跡

항아리

텅 비어 살았느냐
항아리 나와 같다
가을에 감잎 그늘
담겼다 마르더라
겨울 독 두드려 보니
외롭다 못해 얼었다

곡성 哭聲

첩첩이 사람인데 닫힌 문 잠겨 있고
촛불은 남풍으로 철문을 두드린다
동짓날 소등하니 곡성은 봄빛같이 움트며 들려온다

동지

겨우새 나래 펴니
깃 그늘에 밤이 드네
어둠이 호수 같아
안으로 깊어 가네
뜬눈에 지새우고 나니
우는 새 낯빛 비치네

성탄

밤마다 이를 잡고 포개 입는 속옷
물팍 나온 누비바지 멍덕 도꾸리
엄니가 개털로 절어준 목도리 벙어리장갑
미나리꽝 홍청홍청 지치던 대 스키
그 시절 사비 연필 한 개 주던 교회당 크리스마스
금딱지 은딱지 성탄 추리

문상 가는 차 안에서

꽃은 지는데 우는 이 어딜 가는가
겨울 잎 돋는데 가는 이 무얼 찾는가
오시려나 고향 땅 연한 담배 물고
칠산만 무망히 바라보는 구름아
형상도 백지 한 장 평생 미소년아

보릿국

홍어 애 갈라 넣고
끓이시던 나물국
움푹한 정짓간에
냉갈 자욱하던 멧재불
잡곡밥 뒤섞어서 미리 말아 주던
보릿국 한 사발

수작睡鳥

독경에 조는 놈은 까치라 하였더니
금불도 여래상如來像도 귀틀 뜬 용두 첨탑尖塔
삼천겹 돌고 왔으니 어찌 눈이 가벼우리

그 경계 넘어서야 졸음도 아니 오고
일광당一光堂 서녘바람 탑루의 남방 서기
초롱이 눈을 뜨고서 법계 너머 보느니

비룡을 물어다가 네 귀에 앉혀 놓고
봉황을 몰아서 경내에 가뒀다는
선승의 말씀 듣고서 수작*이 대견터라

----

* 수작: 졸고 있는 까치. 불갑사 대웅전에 그려진 그림.

원圓

바람은 보이지 않으나
지나는 줄 안다

그 바람 태풍일 때
중심은 고요하다

마음 안
원 그리는 것
수억 겹
바람줄기 잡고 돌리는 것이다
내 곁을 스쳐 가는 무수한 바람
원을 품고 있다

그 바람
오는 소리 들리나
가는 소리 없다

황소

천 편을 썼어도 시집이 없어요
담배 각에 그려 넣고
은박지에 못으로 새긴 이중섭의 그림처럼
가난한 마음이 시집이어요
뿔난 황소 등에 올라타고
질컥한 황톳길 넘어가듯 그리 사는 것이
내 시여요

일주문 一柱門

도량을 내려오는데
겨울바람이 서 있다
미루나무 곁에 사천왕
산사가 나뭇가지에 걸려 있다
부도탑浮屠塔을 건너가자
바람이 분다
바람의 등이 휘어진다
옷깃이 앞서서 더듬어 간다
일주문을 나서자
바람이 눕혀진다
산사가 기슭에 내려선다
어둠이 문을 닫는다

자화상

성에를 긁어 파
자화상을 그린다
손끝에 긁혀진
시린 얼음 흰 핏자국
얼굴 선 벼려지는 주름을
썰매 타고 내려와
유리창에 박히는
어린 사슴의 눈동자

관 상

굳어 있던 얼굴에 미소를 띠니
반가사유상이다
내가 이렇게 멋진 상이다
눈매가 어쩜 고려적 불상이다
숙인 아미가 탱화 속
너울거리는 관음이다
이대로만 살다 가면 되겠다

채송화

아침 짬 유리창에
채송화 꽃물 들었다
낮에는 오므릴 꽃잎
닫힌 유리문 건너 피었다
채송화 마주하는 것이 좋아
오전 내내 바라본다

묵적墨跡

연적비가 내린다
바위섬은 온통 묵적이다
내 육신 갈아서
바다에 흘려보내려니
그 먹물 찍어
후련히 한 획을 내저을 이 뉘인가

수묵水墨 바닷길

낮은 굽 가벼운 신발로 바닷길을 걷습니다
백발도 가지런히 수평선에 걸려 날립니다
어느 날 담묵淡墨으로 동행하는 배 한 척
멀찍이 진달래 피었다 집니다
질 때는 먹빛으로 산벽을 덮습니다

수묵水墨 달

씻으면 씻을수록 검어지는 갯바위
석양도 비껴서 말갛게 떠가는 반쪽 달에
쪽박을 올려놓았더니
바닷가 수묵빛이 흔들거린다

백일홍

쓸어 놓은 새벽 마당
꽃잎 떨어지네
할머니 빗자루 자국을 밟고
정지에 들어가시네
살강 댓살 사이로 꽃잎 지는 것을 보시네
새끼
새끼 내 새끼
떨어지는 내 새끼
할머니 정지문 잠그고
떨어지는 꽃잎에게
젖을 물리네

굽은 길

굽은 길 갈대 부비며
돌아왔네
눈물바람 겨드랑이에 묻고
까치 나네
내 나이도 쉰,
발길에 옹이 박힌 돌 만지작거리다
서낭당 돌무덤에 얹고
안개 묻힌 새벽길 꼬리
돌아보네

넝쿨장미

뜨을에 휘청
기대일 데 없어
허공 잡고 몸 가누니
바람 탓은 아닐세
한 아름 꽃송이를 가슴에 안고
달래듯
얼래듯
흔들리는 마음

뒤울

뒤울의 참새 떼
숨소리 들리듯 고요한 밤
첫눈에 깃 시려운지
사르르 몸을 떠네
그립다 동천에 별빛도 외도라진
뒷모습

금낭화

등불은 밤을 밝히나
금낭화는 낮을 밝혔다
세인들은 눈을 뜨고 보지 못하니
외려 대낮이 어둡다
난세의 궁사는
금낭화 꿰어 시위를 당긴다
살은 외로운 가슴에 관중한다
우는 살촉 뽑아 전통에 담고
말에 올라 무림을 떠돈다
천하는 넓으나
몸 둘 데 없다
오늘은 송무松武에 의탁하였으니
내일은 어느 객사에 활을 풀어 놓을까
낭인은 고독하나
금낭화 꽃등 걸고 객수를 달랜다

선線

붓에 먹을 적신다
나 무척 외롭다
종이에 가을비 번진다
빗물 고랑에
먹선이 스민다

새들의 교회당

새들이 뒤꼍에 교회당을 지었다
잠을 더 자고 싶은데
까치가 설교 중이다
참새들이 성가를 합창한다

추 강 秋江

내 나이 몇이던가
춘심이 이화로 피었는데
세월은 추강에 서 있네

문진 問診

한의사 침을 놓고 문진하기를 기혈이 막힌 지가 오래
되었다고 하며
얼마나 기막힌 일 겪으셨냐고 하신다
사는 일 힘들었소만 내 꼭 일어나 할 일이 있소
세월도 침을 놓아 좀 잡아 주시오 했더니
거참 말씀 구수하다고 재밌어 하신다
내 심사 그 말이 진심인 것을,

2

이승의 밤

탄炭

불은 사위어
인생만큼 남았다
불에 단
숯덩이
백탄이든 흑탄이든
타고 남으면
재가 된다
내가 부족하니
사는 동안
한 사랑만 하련다
이 말을 하려고
여태 잠들지 못했다

잔불

잔불을 도닥거려 놓고
몸을 녹인다
아궁이는 붉게 단 숯덩이를 삼킨다
동짓달 초하루가
재가 되어 하얗다
내려도 금세 녹던 싸리눈이
담 밑으로 새치 머리 같다
뜨겁던 젊음 사그라지는 때를 기다려 백발 피는가
밤새 눈이 비치면
내일 아침은 은백이겠지
눈발이 머리에 날리더라도
그냥 내버려 둔다

목에 젖은 커피

폐목을 밀어 넣고
아직은 헐리지 않은 뼈와 살을 말리며
겨울을 났다
들에서 묻혀 왔던 눈이
불꽃에 증발되어 닫아 놓은 창으로 뒷걸음쳤다
누구의 사랑도 닿지 않는
은둔의 밀폐는
주전자의 끓는 물속에 잠들었다
커피 알갱이들이 잔 안에 누 떼처럼 투신한다
나는 겨울의 강을 도강하다 빠져 죽은 짐승의 뜨거운
갈색 피를 마신다
꺼져 가는 불에 끌과 먹을 들인 목재들로 화덕을 지펴
볼에 화인을 찍듯 불빛을 들일 때
범람하는 습지처럼 온몸이 화끈거린다
아직은 내가 살아 있다
녹슬지 않은 화덕이 내 겨울 안에 있다
죽도록 사랑한다
현실에는 녹지 않은 눈 속에
둥지를 뜬 새소리

건너편 언덕에 올라서 봄풀을 뜯으며 목에 젖은 커피
를 말리는
　누의 울음

생령 生靈

불을 넣고 있으면
나무가 푸른 것들만 잎으로 피어 내는 것이 아니었다
너울거리는 붉은 꽃은 나무가 끝내 품었던 생령의 잎
이었다
나는 날개를 펴고 불꽃으로 숨어들어
인디언 문장처럼 금박이 들인 깃털을 호려서
나무 주위를 날았다

다비 茶毘

불꽃에는 칼이 있다
몸에는 상처를 남기지 않지만
심상의 동공을 관통하여 일렁이는 섬광
화목에 불이 꺼지고
까맣게 탄 재를 뒤적이며 나무의 유골을 추스른다
불에 베인 기억들이 뜨겁다
이미 내 뼈에 미진으로 맺혀 있는 나무의 사리를 털어
낸다
몇 과의 시어
빳빳한 장삼 같은 서끌목으로 백 년은 수도한 폐목의
침언沈言
상처는 시가 된다
화덕 안을 쓸어 내고 뒤이어 입적한 나무의 다비를 준
비한다

폐목

내 몸의 어딘가에 피를 데우는 화덕이 있어
늘 한결같이 덥지도 차지도 않은 살갗과 이따금 주전
자 증기 같은 하얀 김을 품는 입술이 있는데
순전히 식었다 더웠다 하는 땅 탓에
오늘 같은 날은 몸이 선득거린다
엄 아비의 사랑도 감춰 주고
아랫목에 발을 녹이는 아이들을 품어 주던 집이 헐려
올겨울 내내 그 폐목을 땠다
거의 허청 한 채를 잡아먹고 봄은 올똥말똥거리는데
살을 에는 추위를 맨몸으로 견뎌낸 나무들이
꽃망울을 올리고 있다
그리하여 내 심사가 심히 부끄럽던 것이다
꽃이라는 것이 본시 사랑을 하기 위해 갖은 빛깔을 드
러내고
날것들과 아릿한 교접을 하는 것이다
씨방이 부어올라 탐나게 영글어 꽃빛처럼 고운 때깔
로 마감하는 것을 익히 아는바
나무 안에는 사람처럼 몸을 덥히는 화덕이 없는 것이
라는 생각이 드는 것이다

저리 모질고 독해야 꽃을 피우는 것이구나
이런 결론을 내리는 것이 섣부르지 않다
나무는 살아서 냉하다가도 죽어 저리 뜨거우니,
결국 흙으로 돌아가는 것이 순명하였던 것이다
내가 꽃을 올려 보지 못하고
불같이 뜨거워 보지 않아 사랑을 들이지 못하는 것
이다
죽어 백 년을 살다 가는 나무로 화덕을 지피며
얼굴이 화끈거리는 것을 감추지 못했다

이승의 연緣

나무는 쓰임이 다하면
불이 되는데 사람은 몸이 삭아도
이승의 연을 태우지 못한다
불 앞에서 천 일만 화부로 앉아 있으면
불꽃이 되려나
불이 되어 화염의 길을 따라 허공을 걸어갈 수 있으
려나
사람의 유산을 남기지 않고
사람의 유전을 버리고 가면
결국 불꽃 속에 들겠지
화덕 앞에 앉아 불을 지피며
내 언어를 나무에 숨긴다
나무의 형질을
내 몸에 음각한다

꽃 동

불똥이 튄다
발밑에 떨어진다
꼬투리 떨어진 동백
해불암 목탁 소리 토닥토닥 탄다
목포에 내려와 불에 덴 막대기 바다에 식힌다
서남도 구불거리는 해변 길
동백 멍울 남았다
화덕 불꽃 뱃길 안
해불암
꽃동 떨어진다

어머니 우리는 울지 않아요

미안하다 아우야
내 눈의 불꽃이 글썽글썽 탄다
네 눈의 불꽃도 그렇게 타느냐
우리는 서로의 얼굴을 흘기지 말자
화덕만 보고 있자
어머니 우리는 울지 않아요
불꽃이 따가울 뿐이네요
부엌방 구석에서는 밥이 끓고
데워진 국 냄비는 탬버린처럼 들썩거린다
다 되어 간다
뜸 들면 밥 먹자
밥 앞에서 동생과 나는 박애주의자다
우리는 행복합니다
어머니 울지 마세요
내가 어머니 눈물을 대신 흘려 드릴게요
화덕 안이 열기로 가득 차면
눈에 불꽃이 흘러들어 눈물이 폭포처럼 떨어진다
아우야 너의 눈은 별이 떨어지느냐
눈 안에 별빛이 고여 있다

봄이 오면서 폐목이 떨어져 간다
화덕과 평화선언을 해야 한다
불꽃은 목을 떨구며 사그라지고
밤하늘에 매화들이 손을 쳐들고 있다
화덕 벽에는 매화 꽃잎이 별처럼 떴다
달이 매화를 밟고 지나간다

혈흔血痕

컴컴한 동굴 안에서 비가 내린다
송진 기름이 연통 아래 떠돌다
유다의 발자국 소리를 따라오는
로마 병정의 군홧발 소리로
비가 내린다
이마에 붉은 혈한血汗이 맺힌다
주께서 뭐라 했었다
유다를 나무랐었나
내 졸렬로 비난했었나
몸에 묻으면 얼룩이 지는 송진 같은
비가 내린다
그 비를 맞고 있는 폐목들이
활활 탄다
뭐라 했었을까
주께서 자신을 팔아 은전 한 꾸러미를 챙긴
유다에게 뭐라 했을까
송진 기름이 떨어지는 불길 속으로 들어가라 했을까
아니다
너의 죄가 아니다

너를 제자로 둔 내가 죄이다
너의 죄를 용서하는 내가 죄이다
원수를 사랑하라
그리 말하셨을까
오늘 죽는 예수는
오늘 사는 것이다
그리 말을 하셨을까
내가 유다일까
예수가 부활하며 벗어 놓은 성의의
핏자국일까
송진 빛 혈흔일까
영원히 부화하지 못하는 무정란일까
날지 못하는 앉은뱅이 타조일까
화덕 안에
비가 내리는데
화광이 인다
번개가 친다
면류관의 예수가 화형을 당하고 있다
피가 비처럼 흘러내린다

화덕이 고요하다
숯불이 반짝인다

마그마

우주 어느 한 곳
화덕이 아닌 곳이 있던가
희끗희끗한 밤하늘의 은하들도 불덩이라는 것을 모르
는 이 없다
댓돌에 앉아
꽃샘 얼음가루같이 살에 내려서 사르르 녹는 햇살이
불꽃 혀를 날름거리며 타는 태양의 열이다
심해어 등줄기에 땀이 맺혀
바다 땅굴에 숨는 것,
천 길 아래 지층에는 돌도 쇠도 녹아 버리는 화덕이
있기 때문이다
폐목을 패다가 살이 베어
쿨쿨 쏟던 피
데워져 흐르다 굳는 마그마
내 몸도 죽어야 꺼지는 화덕이다

이승의 밤

고구마를 묻어 놓을까
알밤을 묻어 놓을까
다람쥐 방에 화덕을 품고 까치 방귀소리같이 긴 밤
동생에게 쥐여 주는 주전부리
까만 껍질 손에 묻혀 가며 까주고
형이 좋냐,
얼마큼 좋냐
마흔일곱 계단으로 좋냐
니가 쉰 먹어도 좋냐
응, 쬐까 좋구먼
한 개 더 까줘
그랴 큰 놈은 니가 먹고 쬐깐 놈은 내가 먹고
우리끼리 있을 때만 응석 부려 요 녀석아
알았시야 요 녀석아 히히히히
형아도 먹으란게
그랴 그랴
이승에선 요렇게 살고
다음 생엔 예쁜 각시 얻어서 살자
이히히히히

나무 큰 놈 집어넣고
인자 자게야

대루

동생의 코 고는 소리
삼라가 지나간다
지나간 몇 생을 끄집어 올리는 두레박 소리
다가올 시간 낚아채는 고싸움 소리
새벽 자락까지 탈 나무를 집어넣고
화덕 앞에 손대루 타고 앉아
동생 코골이에 왔다 갔다
그네를 탄다
꾸벅꾸벅 졸다 깨며 미끄럼을 탄다

땔불

돈 버는 것도 작파했는디 시나 써야제
가시내랑 노는 것도 못하는디 시나 써야제
엄니 아부이 모시는 것도 제대했는디
시나 써야제
동생한테 허리끈 잡혀 오도 가도 못하는디
시나 써야제
설거지통에 물 묻히고 앉아서 생뚱한 게 시나 써야제
찾아오는 손님도 없고 오라는 데도 없는디
시나 써야제
나도 모르게 영감 되어 버렸는디
시나 써야제
세상에 믿을 놈도 없는디
시나 써야제
옹헤야 시나 써야제
에헤라디야
시나 써야제
지화자 좋다
시나 써야제
땔불 아까워서 시나 써야제

재

나무는 재가 되어도
기일을 남기지 않는다
화부는 재를 긁어
밭에 뿌리면
땅이 거둬 가고
더러 바람에 날리고
땅심이 된다
나무는 대지에 자신의 제상을 차리는 것인데
가지며 고추가 윤기가 나면
거봐 재가 거름이 되어
야무진 것이여
알토란이 열린 채소 과일이 실해서
농부의 낯같이 벙그러지면
그뿐이다

묵 벽 墨壁

만개한 불꽃의 뒤끝은 정연하다
나는 해안의 묵벽처럼 화염의 포말을 받아 내다가
뒤로 물러나 달군 숯덩이를 고른다
썰물처럼 멀어져 가는 불의 물결은 수평선을 긋는다
아련하니 일렁이는 것은 만선의 깃발이냐
숨었다 품는 화광이 눈 안에 출렁인다
어제는 날이 풀려 불 들이는 일을 멈췄었는데
오늘은 오솔거린다
불길이 숙이는 화덕에 남아 있는 폐목을 넣는다
귓불 언저리 괭이 울음이 노을처럼 고여 온다
풍어의 깃발이 솟구친다

동선 動線

추적추적 내리던 봄비가 산성 전투의 화살처럼 내리
꽂힌다
그 비를 맞고 동생은 새벽 등산을 가고
나는 들춰진 이불을 걷고 불을 댕긴다
지도처럼 그려지는 동생의 등산 동선,
지금은 매일시장 입구 자판기에서 커피를 빼고 있겠지
라이터를 꺼내 파딱거리는 불을 담배에 붙이겠지
비가 오나 눈이 오나 곧올재* 등성이의 당산나무를
찍고 오는
동생의 첫 기침은 마치 어둑새벽을 여는 닭 울음 같다
말리고 구슬려도 말을 듣지 않는 것을 어이 하랴
보부상처럼 날랜 걸음으로 내려오는 소리가
새벽 공기에 물결처럼 파동 쳐 들려올 때쯤
화덕 안은 화포를 맞은 듯 불이 터진다
맵던 냉갈이 연통을 빠져 나가고
문소리 죽이고 들어오는 동생을 끌어 당겨 화덕 앞에
앉힌다

---

* 곧올재: 읍내 물무산 능선에 난 오솔길.

시루떡 찌듯 올라오는 봉화 같은 김 속에서
늘 그렇듯 디룽거리는 눈으로 내 눈치를 보는데,
비 올 때 등산을 가지 말라고 수태 말을 했지만 허사라
후딱후딱 댕겨야 비 많이 오디야
그럼 싸게 댕겨 왔어야제
이 말만

전 갈傳喝

김장을 해준다고 전갈이 와서
화덕 지필 장작을 패다 다리를 다쳤다
지금은 병원 로비
기가 막히게 좋아하는 연말을 깁스하고 보내게 되었다
뼈가 상하고 수십 바늘 꿰맨 상처를 보면서
마음의 상처를 지운다
겨울을 나기 위해서
겨울 분량의 땔감을 마련하고
일 년을 살기 위해서
일 년 분량의 김치를 담는다
평생을 살기 위해
힘겨울 때마다 삭혀야 하는
평생 분량의 고독을 재우는 것,
동생은 가고 혼자 병상에 누웠다
마음에 감았던 붕대를 풀고
자꾸만 떠오르는
아린 기억에 소독약을 붓는다

가마

나무 안에는
숲 속에 숨어 있던 문장들이
송진으로 밀봉되어 있었던 것을,
불이 꺼질 때쯤 알았다
나무는 말할 수 없는 비밀들을 품고
불길에 사라진다
평생 외로웠던 사람은
나무 안에 화인火印된 언어의 문신을
불로 받고 있다
뜨거워 사막이 되어 가는 얼굴에
물기가 번지고
와디처럼 긴 눈물을 흘린다
며칠째
나무가 실토하는 화광의 발설들을 받아 적는다
가마에서는 상감의 자기들이
달궈진 몸에 문양을 들인다

3

화인
火印

화인 火印

기어이 데고 말았다
불덩이를 꺼내
가슴에 넣었다
살이 타는 냄새를 싸안고 울었다

원고지

쓰시다 남은 거라고
비닐봉지에 넣어 주신 원고 뭉치
하실 말씀을 내려놓는 한 삽 마침표려니
나보다 수십 년을 얹어 사신 문객의 굽은 눈빛이
등을 밀고 있었다
어서 가서 내가 못한 말을 주워 모아라
내 힘이 모자라
나는 잉크 물을 종이에 찍어 넣을 수가 없구나
세어 보니 열 뭉치
하루에 한 편씩 쓴다 하여도
족히 십 년은 걸릴 터인데
텁텁한 시 주발 몇 개만 빚었던 십 년 세월을
다시 보내야 하다니
무명의 회한을 빈 가마터에 내려놓는다
눈물 훔치며 돌아서며 스승이 원망스러웠다
진흙단지 구워 내는 손이 불길 속에 녹는다
하얀 수염 한 오라기 물려 있는 원고 뭉치를
한 장 한 장 찢어서 풀무질해 불을 지핀다
관솔 냄새 향불로 올려 보내고

그 불길 속에 나도 숨어들게 되면
주신 원고들이 눈처럼 흩날리리

뼈가 시리다

여름은 오고 있는데
가지 않는 계절 한 마디 뼈가 시리다
식어 버린 강판 화덕
불을 들이자 쩍쩍 벌어진다
그 겨울의 얼음 조각
그리움이 깨지는 소리가
저리 청청하다

사람이 그립다

웬 놈의 시를 신문 기사 쓰듯 쓰냐고
환청이 들린다
화염은 위로만 솟구치는 것이 아니라
지구가 자전하듯 화덕 안을 돈다
그래도 불은 돈다
갈릴레이처럼 중얼거린다
사람이 그리워 죽겠다
찾아오는 놈 한 놈이 없고
전화만 온다
선생님 저는 사람이 미워 죽겠습니다
전 선생님과 통화 이후 한 통화도 받지 못했습니다
불길이 삼천 번만 돌아도 우주의 암흑 물질처럼 화덕
이 검게 그을어 버립니다
무언가에 몰두하여
지구가 자전하듯 생각이 돌면
기억이 까맣게 지워집니다
그리워할 것도 사랑할 것도
다 사라져서
무중력의 애증만 남게 됩니다

식사는 하셨습니까
밥이 힘입니다
분해된 탄수화물과 단백질이 혈관을 돌면
정신은 돌지 않습니다
시는 쓰느냐
네 어젯밤엔 한 시간 만에 다섯 편을 썼습니다
더 쓸 수도 있었으나 졸려서 쓰러졌습니다
선생님은 사람이 그리운 것이 아니라
스스로 사람 곁을 떠나는 것이 불안한 것입니다
배가 부르면 그리움도 잦아집니다
무슨 시를 그렇게 쓰느냐
시인은 일 년에 한 편만 나와도 시인이다
네 선생님
그것을 모르는 바 아니나
상처는 시가 됩니다
상처가 많아 그만큼 시를 마구 씁니다
저는 시를 쓰기 위해서 오늘도 몸을 자해했습니다
온몸이 가시밭입니다
알몸으로 불 앞에 앉습니다

화덕의 불길이 알코올처럼 따갑게 스며듭니다
선생님 돌아가실 때까지만
스스로 상처를 내겠습니다
시집 한 권을 불길에 넣고 지피겠습니다
시들이 솟구치면서 화덕을 돌며 춤을 추면
나도 사람이 그리웠나 하고
울겠습니다

알았시야

형아 시 한번 들어 볼래
아따 아까 들었는디
쬐까만 해봐
어쩨야
오줌 싸러 가야 된당께
얌마 그럼 싸고 와서 들어
알았시야
성아 시 좋냐 안 좋냐
좋긴 좋은디
무시야 좋으면 좋은 것이고 안 좋아도 좋은 것이제
개운하게 싸지 않은 것맹키로 대답이 그러냐
아따 긍게 시는 다 좋당께

연단

나는 검신이 아니다
나의 검날은 나에게 되돌아온다
한 개의 독초를 자르면
대여섯 개의 가지가 나오듯
나의 검은 그를 죽이는 것이 아니다
그가 독이 올라
수도 없이 많은 모가지를 내밀게 하는 것이다
일검의 검광으로
비굴한 인간의 심장이 아닌
시대의 부정을 자를 때까지
연단의 담금질을 해야 한다
나의 검이 자만하여 선 칼질을 하고야 말았다
칼을 불에 녹이기 전에
내 심장을 녹여야 한다
심장의 불꽃이 황금빛으로 빛날 때까지
풀무질을 해라
이제 나를 두드려라
모루 위에 눕는다
모루망치떼기를 해라
웃통 벗고 맘껏 두들겨라

시지프스

나는 역신일까 배덕자일까
이 고비를 넘기면
발에 묻은 흙을 털 수 있는데
미끄러져 떨어진다
시지프스여
나에게 접신된 불행의 문장이여
자결한 석류여
어제 나는 봤다
단두대에 서지 않고
스스로 할복해 버린
고목
비로소
불덩이가 되고야 마는 비운
"보소라 임아 보소라 빠개 젖힌 이 가슴"*
그 석류
마지막 봤던 사람이 있다

———————————

* 조운 시인의 〈석류〉 한 소절.

넋두리

예전에 지역 문인 몇이서 송이도에 갔던 적이 있다. 송이도는 칠산 앞바다에 있는 섬이다.

바다는 늘 봐 왔지만 육지를 벗어나는 것이 무척 설렜다. 나는 육지에서 바다로 나가 본 경험은 인천 국제공항이 들어서기 전 을왕리 해수욕장에 문학 캠프 갈 때와 금강산 개방 첫해에 문인들 틈에 끼어 금강산 가던 기억밖에 없다. 자랑할 일은 아니지만 제주도 한 번 가보지 않아 몇 시간 뱃길에 대한 동경이 늘 있다.

구럼비 때문에 제주를 가려고 했는데 동행을 모으는 데 실패했다.

박 시인이 있었더라면,

박 시인과 나는 지방 문학을 같이해 왔다. 그는 현대문학 신인상과 오월문학상을 받았고 우리는 시집을 준비하고 있었다.

반핵 삼대첩을 함께했고 핵 폐기장 싸움 때 그가 구금됐다. 나는 그를 구명하기 위해서 백방으로 뛰었다.

끄나풀만 있으면 잡고 늘어졌다. 자연 과로할 수밖에 없었고 나는 교통사고를 당했다. 차는 완파되고 의식을 잃었다가 깨어났다. 깨어나자마자 그의 가족과 경찰과

고소인과 전남 지회와 검찰을 오가며 그를 빼내려고 몸부림쳤다.

굴복하는 것은 그때 당시 핵 폐기장 조건으로 제시한 양성자 가속기 문을 열어 주는 것이었고 이어서 핵 폐기장이 유치되도록 포기하는 것이었다.

나는 그럴 수 없었다. 독자적 선택을 할 수밖에 없었다. 전국 문인에게 사실을 알리고 필마단기로 전투할 준비를 했다. 나는 반핵과정의 지역 문인 아니 나와 박 시인의 의지를 분명히 했다. 박 시인은 별도로 회유를 당하고 있었다.

나는 박 시인의 눈물을 봤다. 그의 일본인 아내와 아이들은 문밖에서 나만 기다리고 있었다. 내가 그를 풀어 줄 수도 있다고 고소인 측과 주위 사람들의 애기를 모아 듣고 있었던 것이다.

"어떻게 해야 되나요, 회장님, 우리 애 아빠는…" 말을 잇지 못하고 고개를 떨궜다. 그러면서 결심한 듯 "회장님 뜻대로 하세요" 떨리는 음성으로 결연히 말했다. 돌아서며 괴로웠다. 핵 투쟁의 대열에서 퇴진하기로 했다.

이미 지역 문인들의 힘으로는 10년간의 핵 싸움에서

내부의 배신과 실질적 이익이 얻어지지 않는, 아니 지역에서 배척만 받는 상황을 이기지 못하고 있었다.

나는 핵 폐기장 싸움을 마지막으로 우리의 긴 장정이 끝나고 있다고 생각했다. 내가 최초로 시도했던 양대 종교단체(천주교, 원불교)의 합류와 최초의 촛불, 최초의 벽시, 상여투쟁, 만장투쟁 등 반핵진영의 유산을 남긴 것만으로 만족했다.

머리를 식히고 싶었다. 박 시인과 나는 송이도에 가기로 했다. 가면서 나는 갈매기를 보았고 그는 나비를 보았다.

그 뱃길에서 나는 갈매기를 소재로 그는 나비를 소재로 글을 썼다. '송이도에서 초분을 보다'와 '나비에게 길을 묻다'라는 제목의 글이었다. 그는 그간의 힘겨움을 나비에게 묻고 있었다. 나는 갈매기처럼 자유롭고 싶었다.

그는 처가가 있는 일본으로 떠났다. 홀로 남았다. 막연했다. 가끔 목포 등 지역 문단에서 불러 주긴 했지만 평소 술과 여흥을 즐기지 못해서 꿔다 놓은 보릿자루가 되었다. 판이 무르익을 때쯤 눈치 봐서 나오곤 했다. 지역에서는 모든 사회단체로부터 외면을 받았다.

그런 과정에 시는 놓지 않으려고 무척 노력했다. 그런 문학에 대한 나의 처지는 젖을 떼려는 상황과 젖을 놓지 않으려는 연민이 싸우고 있었다. 그때 나에게 온 것이 트럭을 몰고 가는 들길의 풍경들, 내가 살고 있는 곳의 토속 언어들이었다. 나는 내 땅의 살 같은 말과 이미지를 시로 썼다. 물론 발표할 데가 없어서 가끔 인터넷에 올리고 출력해서 모아 뒀다.

박 시인은 소식이 없다. 박 시인은 혹여 내 글을 보고 자신의 글이 나오면 나에게 자백하곤 했다. 그런 그를 좋아했다. 토속적 이미지와 말들은 모더니즘적 글과의 접목이 어렵다. 그것의 접착제는 여러 진실적 묘책이 관여해야 한다. 쉽게 그 경지에 도달하는 것은 진실성이 우선이다.

박 시인처럼 털고 떠나야 하는데 나는 그리 못한다. 동생이 잠꼬대를 하고 있다. 며칠간 많이 울었다.

땔감은 없는데

밤은 길다

눈빛

금강산이 열린 첫해였던가
휴전선 뱃길 넘던 밤 오징어잡이 어선들의 불빛들이
붉었고
고성 아침 새벽에 담겨진 일출도 붉었다
가을 산을 오르는 단풍 붉고
줄곧 내 곁에 따르던 여류의 얼굴도 붉었다
나이는 한참 밑이었으나
시골 풋내기 시인의 눈으로는 누님 같은 자태로
구룡폭포에서 내 팔을 끼고 사진을 찍었던 옥을
목포에서 지나쳤다
웬 여인이 뚫어지게 보던 것이다
형상을 알 수 없으나 섬광만 스치던 눈빛
나는 바삐 돌아오고 그날 밤 뒤풀이 후일담에
그녀의 이름을 봤다
세월이 빠른 것은 알지만은
얼굴은 기억에서 지워지고
모습도 변해 버린 것을 보면 정이라는 것이 사방 천
지 흩어지는 불꽃이다
돌아와 화덕 안에 나무를 밀어 넣으며

그때 찍었던 사진을 주섬거리며 찾는데

없다

돌려주려고 서울 갈 때마다 품고 다니다 사라졌던 것

이다

오늘 화덕의 불은 무척 붉다

승천昇天

그는 물 먹은 나무로 화덕에 든다
불길이 사그라지고 연기가 먹먹하다
승천하는 슬픔이 클 터이나
내 시는 눈이 맵다

전라도에서는 시가 그립다

모처럼 인근 시인들이 모인 자리에 가게 되었다

도포 자락 여미며 술도 한 잔 받고 격의 없이 따뜻한 몇 마디 말씀도 듣는다

시라는 것이 본시 쓸라고 해서 써지는 것이 아니라 불 똥 같은 시상을 건풀 살포시 올려놓고,

눈물 콧물 훔치면서 속 입김으로 살살 불을 사르듯 하는 것이다

불이 붙고 나면 내 맘으로는 어쩔 수 없는 화염에 드는 것인데

그것이 꼭 아편 먹은 것 같고 지독히 아린 기억의 두레박 끌어 올리듯 하여 저도 모르게 울컥 시상이 일어난다

그것이 비로소 시가 된다

몇 해 전 부모님을 모실 때까지만 죽자고 일을 했다

볕 좋은 고실한 자리에 아버님을 모시고 일을 놓았다

내가 번듯한 문사는 아니나 본시 문학에 뜻을 둔바 남은 날 시를 놓지 않고 싶었다

어쩌다 잘난 놈이 되어서 사방 군데서 질시를 받는 터라 사람들과의 교류를 끊었다

시집 내기가 수월치 않다

돌아와 화덕 앞에 앉았다
이런저런 생각들을 불에 넣는다
전라도에서는 시인보다도 시가 그립다

홍어

내가 쓸쓸하기 위해서 거리가 필요하다
숨는다, 그걸 알까
우울이 삭아서 눈물이 돌 때
그 우울 한 점 오물거리며
불 앞에서 탁주를 걸친다
사탕을 주머니에 넣고 쥐여 줄 사람이 없어
그냥 들고 와 동생과 나눠 먹었다
군에 가는 친구를 배웅하고 배회했던 청량리가 철거
된다고
그때 슬픈 눈을 한 여인은 그곳에 없겠지
이 나이에도 받아 줄까
사탕을 쥐여 줄 버려진 여인은 그나마 있을까
내 우울증의 약은 시인데
하루에 한 알이면 잠이 잘 오던 시 알약이
두 알 세 알 는다
내 몸은 삭아 누구의 코를 자극할까
알싸한 옆구리 살 한 점으로 추위를 녹일까
도서관에서 내려오는 밤
내 어린 날 놀던 산자락 하현달

뻘에 박힌 떼배처럼 묻혀 있다
나는 쓸쓸하기 위하여
백열등을 켜고 오늘 아침에 먹었던 알약을 게워내
닦는다, 사탕처럼 끈적거리는 우울
톡 쏘는 초봄 매서운 밤공기

낚시를 가시게요

아침에 불을 들였는데
저녁에야 붉게 탄다, 저 노을
눈물로 끄랴
올해를 넘기기 어렵다
잡문 원고를 사르고 있다
남기고 갈 것이 없다
너는 써라, 네 글의 서사는 꼭 뭔가가 나올 것 같다
누릴 것은 다 누리고 할 것은 다 했다
멜빌의 백경 바닷길을 항해했다
내 손길에 젖혀졌던 여인들의 바다
고래처럼 물을 품던 뱃머리
잡어를 버리고 빈 배로 돌아간다
너는 알겠지, 그 허망을, 덧없음을 알았거든
내 작살을 쥐어라
너도 허망을 잡기 위해 멜빌이 되어라
저 노을 바라만 보는데
홀로 불길이 꺼진다
내일은 사라지는 것이 아니다
내일의 노을이 지워져 버린 것은 아니다

편히 주무세요

저도 오늘 피곤하네요

모싯잎을 따서 삶아 놓고

오후에는 밭두둑 풀을 베었거든요

고구마 댓 두둑 놓을까 해서요

모싯잎으로 만들 수 있는 식품을 생각했어요

오늘 자고 나면 내일이 있습니다

왜 미리 절망하세요

선생님 말씀대로 모두를 버려 버리고 외항선을 탈까요

고래가 보입니다

몸을 날려 고래의 등에 작살을 박고 북양의 빙설 속으
로 숨어 버릴까요

지금의 나이라면 딱 한 번의 기회가 있네요

선생님은 아직도 수십 날의 아침과 석양을 맞을 수 있
지 않나요

우리의 인생은 길지도 짧지도 않아요

저는 돈을 벌지 않아도 시를 쓸 수 있어요

그러나 나에게 도발했던 적은 어떻게 해야 하지요

저는 아무 즐거움도 모르고 살았어요

죽음과 삶의 고비

문학과 자본의 폭압에 대한 저항

그게 문제군요

일단 시는 쓸 거여요

제가 시를 쓰는 동안은 살아 계세요

고래를 잡기 위해 포경선을 마련할 때까지는 살아 계
세요

잡으러 가야죠

그러기 전에 몸이 움직이실 수 있으시면 낚시를 가시
게요

지금은 저수지 물을 빼고 있어서 고기가 잡히지 않습
니다

두 주쯤 후에 밤낚시 준비할게요

시도 주목 받고 있지 않은데

소설은 무리일 거 같네요

하지만 준비는 하고 있어요

날마다 고래의 옆구리에 구멍을 낼 작살을 갈고

삼줄을 감고 있어요

그러나 저를 기대하진 마세요

전 하기 싫은 일은 못하거든요
낚시를 가시게요
몸을 잘 추스르세요
전 눈물이 없는데 선생님의 노을을 보면
눈가가 젖습니다

소멸

누구나 소멸한다
젊다는 것은 죽을 날이 많이 남아 있다는 것
그뿐,
바람에 꺼진 불
다시 피어오르는 화염 곁 그에 대한 기억을 소멸한다
그의 불꽃은 화광이다
수천 개의 파편
불덩이를 품는 재를 저으며
언젠가 나도 소멸하는 것을
깨닫고 있다

반라의 유월 햇살

불이 차다
흐른 땀을 불에 말리며
불이 그리는 상형문자를 몸에 찍는다
화끈 달았던 불길은 기호 형상을 블록 벽돌처럼 쌓는다
피사의 사탑 기울기로 서 있는 반라의 유월 햇살
초복 드는 삼계 닭들이 첨탑의 높이로 목청을 늘어뜨
린다
담뱃갑 들기가 힘들어 담배를 붙이지 못한다는
원로 작가의 평생 불을 지르는 습관이 무너진다 나무
밑에 앉아 있는 노인이 물속에 돌을 던지듯 침을 그늘에
뱉는다
물에 가라앉다 떠오르는 부표처럼 상념이 솟구친다
죽는 날까지 몸 안에 불을 넣는 노인의 눈빛이
여름에도 화덕을 지피는 견습 제자의
발등에 떨어진다
"불이 일지 않아요
정욕이 아직도 축축해서 젖은 섶처럼
불이 댕기지 않아요"
"못다 핀 담배가 넘어질 듯 쌓여 있다

구들장 속 같은 기관지는 아직 썽썽하다
송진이 불붙으면 불이 더 뜨겁다
욕정도 타면 시가 된다
그러나 여름 불을 들이는 화덕에서
나는 불이 차다
담배를 손가락에 걸친
더운 여름이 차다"
여름 불을 들이는 화덕에서
나는 불이 차다
담배를 손가락에 걸친 노구처럼
더운 여름이 차다

평생 가슴이 뜨거웠다

별이 밝은 까닭은
별이 타고 있기 때문이다
몸을 태우지 않으면 빛이 될 수 없다
별은 아련히 반짝인다
별이 부시지 않은 까닭은
멀리 떨어져 있기 때문이다
평생 가슴이 뜨거웠다
별처럼 열병을 앓았다
바라보아 눈부시지 않은 거리에서
나는 그윽이 떠 있다
지금 내 몸을 태워 쏟아지는 빛이
네가 사는 곳에 닿았을 땐
너의 흔적은 바람과 먼지일지라도
나는 태우고 있다
식어 버리면 검고 딱딱한 암석 물질인,
내 가슴

사랑이 떠나면

불이 꺼지면
다시 지피면 되지
오그리고 떨 일이 있는가
사랑이 떠나면
또 하면 되지
슬퍼할 까닭이 있는가
내 겨울
장작 화덕
밤내 잘 탄다

운석隕石

내 몸 저 불꽃에 살라
운석만 한 사리가 나오거든
부도 안에 안치하지 말고
또다시 불에 들여라
분진과 연기로 수억 겁의 사리로
지구의 온 들녘에 날려 버려라
불 속에서 절대 녹지 않고 타지도 않으면
그 사리 뼈를
은하의 밤하늘에 지구의 운석으로 던져 버려라
그러니 내 사랑아
나 죽더라도
나를 찾지 말거라
나 그곳에 없다
나 있지도 않고
없지도 않다

4

동진강의 가을

동진강의 가을

동진강을
가을이 가기 전에 찾으리라는
내 마음의 약속이 적힌 수첩에
갈대가 피었다 져서
가을바람이 수첩의 책장만 넘기네
동진강에 두고 온 것은 없지만
강물에 쏟아져
그리움의 눈길에
낮게 출렁이는 별과
어선의 불빛,
차창으로 보았던
슬픈 눈물 빛 가을밤을 찾아가고 싶네
무슨 이유로
동진강 기슭에 외로이 정박하여
가을이 올 때까지 한 해를 기다리는
배가 있다고 믿는 것인가
내가 찾아가기 전에는
닻을 올리지 않고
동진강의 가을을 매만지며

기다리는 이가 있다고 믿는 것인가
언제까지나 가을로 있을
동진강의 추억을
가슴속 깊은 속주머니에 간직하는
가을이 가는 날에,

무늬

섬진강아
너를 사진에 담아 간다
너는 나를 보느냐
나도 너에게 찍히고 싶다
맑은 무늬로 담아 다오
나는 발이 있어 또 올 수 있지만
너는 흘러가 버리면 언제 다시 오리
이 자리,
낡은 교각이 있고 돌에 괸 하늘
푸른 그늘 마음속
나는 또 오겠지만
너는 거슬러 올 수 없겠지
섬진강가 무너진 교각 아래
고여 있는 한 폭 물결 안
내 얼굴
어디쯤 떠내려갈까
남쪽 바다
어느 섬 곁을 돌고 있을까

닻

약속이나 된 듯
중선 한 척만 남겨 놓은 채 포구는 비어 있다
닻은 녹슨 허리를 부두에 파묻고
늙은 갈매기들이 묻어 놓은 울음 무덤에 귀를 기울이
고 있다
북상하는 태풍에 배들이 감겨 버리지 않을까 하는 포
구의 불안은,
가물가물 타고 있는 불빛에 흔들렸다
자정을 넘겨 바람은 드세지고
잠에서 깬 중선이 요령을 흔들었다
현을 문지르듯 중천을 훑고 가는 고음
갯벌 고랑 드러난 뱃길에 중저음이 울렸다
잠들지 못하는 선원 가족들의 포구 비탈 집들은
선주의 마당 등불에 모여들었다
바람의 소리로도 아낙들의 심장은 탄불처럼 데워졌다
동지나를 지나 칠산어장까지
저인망 중국 배들과 탐조선으로 조기 어장은 형성되
지 않지만
잡어 몇 가구 물질해 오기 위해 떠난 법성포구 뱃사

람들,

　　몸은 칠산바다에 놓고 이름만 돌아왔던 기억이

　　오색 깃발로 나풀거렸다

　　살아오지 못한 뱃사람 있지나 않을까

　　수평선 멀리 보기 위해

　　중선 닻 위에 앉아 있던 괭이갈매기가 포구에 솟구친다

빙어 氷魚 3

눈이 녹는다
흰빛들이 녹는다
눈 덩어리에서 물이 흘러내린다
물은 내가 어머니로부터 가져온 돌기를 씻으며
지하로 흘러간다
고개를 숙여 아래를 내려 본다
수천 길의 우물에
아랫도리가 명경처럼 또렷하다
눈을 감고 본다
몸 그림자가 물방울에 일그러진다
나의 몸이 춤을 춘다
내 다리에 자라나는 지느러미를 흔든다
내가 아버지에게서 가져온 사지에 비늘이 돋는다
나는 땅 위에 고드름처럼 거꾸로 서서
눈물을 흘린다
내가 물속으로 떨어져 사라진다
나의 여인의 자궁 속에 눈이 내린다
지하 동굴 속으로 빙어들이 몰려간다

득음 得音

태풍이 장독을 깨버렸다.
거지 쪽박을 깨도 유분수지
장이 흙탕물처럼 장독 위를 흘러간다.
된장은 가까스로 살렸다
날아간 뚜껑을 돌로 눌러 덮고
"망할 놈의 바람"
태풍을 원망하는데
귀뚜리가 운다.
기가 막힌 득음이 태풍을 뚫고 간다.
그래 같이 울자
독이 깨지고 서 있는 몸이 출렁거려도
울어 보자
내 시의 울음
태풍을 관통 중이다

우화羽化를 꿈꾸는가

    창조주께서는 천상에 오를 수 있는 날개가 돋을 때까지는

금단의 열매를 따먹지 말라고 하셨다

내 그를 어겨 여인을 흠모하였으니

털을 벗고 직립을 하며

육신의 섬유질로 고치를 쳐야 했는데

여인이 나를 범하고 말았다

그리하여 날개를 잃었노라

우화하는 애벌레를 경외하여 바라본다

    나방들이 평생 한 번의 교접을 밤낮으로 나누고 있는

황홀의 절정을 흘겨본다.

    창조주께서 발정의 유도 물질이 서로에게 끌려

    정을 맺은 한 인연과 반생을 사랑할 수 있는 기회를

주셨으나

내가 그를 어겨 직립의 탈피 원인으로 멈춰 버렸다

시도 때도 없이 사랑하거나

이리저리 만족치 못하는 사랑에 굶주리거나

거세된 듯 사랑을 멈춰 버렸거나 하노라

내가 다시 천 일을 금기하여

유혹을 떨쳐 버리고 미혹치 않으려니
창조주께서 우화하여 천상을 날며
사랑하는 한 여인과 날개가 해질 때까지 사랑을 하는
나방을 보게 하시었다

손 장구 치는 속은

비는 내리고
밤은 꺼지듯 토방에 내려앉고
여름 끝날 서늘한 바람이 들자
지레 밤이 길어지는 것이 겁부터 난다
나도 올 가실에는 뭔가 품고 살아야 하지 않겠는가
가을이 미끄럼 타듯 내려가는 첫 눈발 길,
동행의 벗이라도 있어야 하려니
그래야 허리끈 잡고 기어들어
옆구리 타고 젖꼭지까지 서늘한 그 무엇인가를 잊을
텐디
밤은 길어지는데 눈만 초롱초롱하여
시렁에 말려 놓은 오죽 뿌리 내려서 곧게 다듬는다
한 이태 풍물패 따라다니다 놓아 버린 장구를 쳐볼까
하고
속은 궁굴채를 만들기 위해서다
그래 나야 설익어 내놓고 놀릴 만하지는 않지만
떡 벌어진 가슴 안에 안겨서
오장을 자근자근 긁어내는 소리 맛으로
가을밤 외로움을 달래 볼 생각이다

궁굴채 손잡이 본을 떠 문둥이 같은 손으로 바느질하
여 마무리 짓고 보니
　　요거 명기가 따로 없다
　　절로 무릎을 옮겨 다니며 손 장구를 놀리는디
　　옳다 그렇지
　　내 장구를 품고 동지 시한을 맞을 터이니
　　행여 그를 시샘하는 놈이 있거든
　　달빛 자락으로 땀을 훔치며 맞장구나 쳐보더라고

연꽃 보러 가련다

영산 연못에
연꽃이 남아 있을까
천둥 길 비껴 내린 소낙비
연잎에 떨어져 구르는 소리 들을 수 있을까
못에 떨어지는 물방울 목탁에
늦깨어나 내미는 꽃이 있을까
달이 한 쪽 떠간 밤하늘 아래 서 있는데
연이 문득 머리에 핀다
몹시 그립다
백련 꽃잎에 그려진 탱화 같은
사랑은,

비

연꽃이 졌다
보고 싶어도 때가 늦었다
연자가 맺혔다
연잎이 눈물을 한 움큼 받쳐 들고 있다
물방아 돌듯
해를 거르지 않고 연꽃을 봤었다
연자가 떨어진다
잉어가 수면 밖을 본다
연꽃 안 삼라가 눈에 괸다
영산 굽은 길을
물고기 헤엄치듯 돌아온다
해당화가 피었다
백련 같은 흰 꽃이다
아쉬움을 달랜다
내가 사는 마을이 다가온다
사람들이 연꽃이다
잉어처럼 사람들 사이를 헤엄쳐 집으로 돌아온다
하늘에서 연자가 떨어진다
빗물이 제법 굵다

내가 연꽃으로 핀다
한생의 사랑이 머문다.
연잎에 눈물이 고인다.

혁필 革筆

드디어 내가 혁필 환쟁이가 되었다
닭 날갯짓을 보고 봉황을 그린다.
팔려 나온 황구의 찌그러진 눈을 보고 백호를 그린다.
구수한 입담을 받아치는 촌로의 추임새
먹물 젖은 습자지가 국밥이 되고
막걸리가 되는 그림
채색 무지개에 드러누워 코를 고는 시,

꽃 뿔

아담과 이브가 자리를 비운 사이
아담의 지팡이는 가지를 치고
이브의 리본은 꽃으로 피었는데
사슴이 몰래 스며들어 꽃밭에 누었다네.
낮잠 한 짬
이브의 아이들이 몰려와 꽃을 꺾었다네.
사슴은 시샘이 울컥 나서
꽃가지 머리에 이고 달아났는데
꽃가지 머리에 뿌리를 내렸다네.
아이들이 사슴에게 돌려 달라 소리쳐도
손사래 치듯
꽃뿔을 흔들거리며
혼비백산 달음질쳐 달아나던 에덴 그 동쪽
사슴은 모른 척 시침을 뗐다네.
사람과 사슴의 말이 같았는데
그 뒤로 사람은 말이 많아지고
사슴은 입을 다물고 살았다네.
사람들은 꽃사슴 뿔 나기를 기다렸다
냉큼 베어 잘라 먹었다네.

에덴의 꽃은 불멸이라

봄이 되면 사슴의 머리에

다시 돋았다네.

그걸 감추려고 사슴은 아직도 말을 않고 산다네.

첫눈을 기다리다

가로등과 별이 연애를 하나 보다
늦가을 길목
별빛 적힌 연서 낙엽 떨어진다.
그걸 보는 눈에
이슬 눈물 날리더니
내 눈 수정체 안
벌써 첫눈이 온다.
별과 가로등이 손을 놓지 않는다.

덕장

아내가 아파서
자신의 콩팥을 떼어 주겠다고 술을 끊었다는
화가 재칠이가 떠올랐다.
술을 밥처럼 술술 넘기던 날 속에
몇 개 계절이 밤알 쏙 빠져 버린 밤송이같이 응등한
그의 화폭
황태가 윗입술 아랫입술 찢어지게 벌리고
싸리나무에 꿴 것이
그가 몰두하는 그림의 테마인데,
마른 생선 아가리를 들여다보면 그의 절규가 들려
온다.
콩팥 수술 부작용으로 실명한 아내의 손을 놓지 못해
붓을 놀리지 못한다고
지난겨울 장독 뚜껑에 고여 언 물같이
그의 목소리가 차가웠다.
귀가 들리지 않아 벙어리가 된 아이
오물거리는 입을 그려낸
명태 대가리 스케치
혀가 굳어 말 못하는 아들의 소리를

가슴속 심장으로 듣는 재칠 화백이
입 벌린 황태로 마르고 있다.
바보 동생 데리고 사는 내 덕장도
재칠 화백의 널어진 황태 그림 곁에 걸려 있다
밤늦게 통화를 하면
서로의 사연이 먹먹하여
둘 다 벙어리가 된다.

대목 즈음

9월 8일
아파하면서 달이 떴다
아파하면서 가을이 운다
너를 만나도 아프고
널 만나지 못해도 아프다
가을밤은 여름내 짝을 찾지 못한 나방이
등불을 배회한다
외짝 나방 비행 무늬가 아프다
가을벌레 울음을 밀치고
밤바람 아프다

9월 9일 밤
고춧대를 미리 뽑고
배추를 놓았다
이번 주는 비가 잦아
모종 착근을 근심하지 않아도 된다
촛불로 두둑을 밝혀
물을 주고
잔 고추 따서 졸인 장에 저녁을 먹었다

별이 벌써 자울거리는데
밤공기에 귀뚜리 소리
저만치 내려가 있다
흙빛을 버려야 색을 내는 도자기처럼
밤이 등불에 하얗게 탄다
내 수심도 잔불처럼
잡티를 날린다

9월 9일 낮
대목장을 앞두고
시장을 둘러보았다
겨울 시금치와 파 종자를 샀다
세 두둑 배추밭 사이에
심어 두기 위해서다
나락모게처럼 길어지는 밤
자정은 밤별이 무거워 고개 숙였다
사람 멀어지더니
졸음도 오지 않는다
자투리 천 같은 가을 한 토막을

누벼 입는다

9월 10일
폰으로 글을 쓰니
내 세계 이십 배는 좁아지던데
내가 작아지니
세상이 이십 배는 커지더라고
해거름 짬에 풀을 뽑고
퇴비 섞어 동갓 심을 두둑을 쳤더란 것이여
내가 사는 꼬락서니가
갯가의 게같이 작은 구멍을 내고 들락거리니
바다는 넓기만 허고
하늘이 깊더란 말이여
땅은 말헐 것도 없고
여름이 비껴가니
가을밤은 왜 이리 길던가
내 오가는 형상의
낮 길이가 짧아지니 날이 너무 흡족허네
세월은 빨리 가는데

나이는 더디 가더란게
가을 지나 겨울 긴 밤이 올 것이니
늙지를 않더라고,

샛별

동쪽 밤하늘에
별이 빛나
"아, 샛별" 하고 외쳤다
갑자기 금성이 반짝이며
금성의 아이들이
"아, 지구다" 감탄한다.
하늘 어느 별
아이는 언제나 아이인 나라
찢어진 금딱지 같은 동심을
동쪽 하늘에 붙인다.
지구도 어느 별에서는
은딱지 같은 샛별이다

희나리

끝물 따낸 고춧대에
여름내 붉게 타다 희어진
엄니 손가락이 걸려 있습니다
가을풍경을
나무새처럼 상큼히 버무릴 줄 아시던
마디마디 손가락에
흰 무명천 두르고 있습니다
마당 멍석 지붕 위 채반에서는 볼 수 없는
이쁜 처녀 적 손가락
벼 이삭 물결에 밀려가는 들길을
가리키고 있습니다
지아비에게도 숨겼던
아픈 세월로 매달려 있습니다

연어

내친김에
멀리 떠나가자
아주 멀리 떠나가자
아니 한 계절이라도,
분분한 눈송이들 중에
내 눈썹에 떨어져 눈빛을 시리게 하며 금세 눈물을 돌
게 하는
송이 눈 한 송이 녹는 것을 기억하며
이듬해 이맘때까지는 절대 돌아오지 않는
연어라도 되어 떠나자
천만 송이, 만만 송이의 눈이 떨어져 바다가 된 북해
도를 돌며
찬 물살에 따뜻한 살 덧키운 몸집으로
언어의 알들을 여기 돌아와 쏟아낼 때까지는
돌아보지 않고 떠나자

5

수도암 꽃무릇

분단分斷 꽃무릇

눈 위에
쓰러진 상사초
지난가을 불타던 갈증에
받아먹는 한 주먹 겨울 햇살

얼음에 식히며
뜬눈으로 식히며
바람에 날리는
거적 같은 별밤을 덮는다

분단 같은 밤
꽃대 올려 붉은 꽃 피우지 말자
폭설로 가려도 번지는
꽃물은 싫다
핏빛은 싫다

푸른 결기로 발목 묶는
인동의 댕깃잎 상사초 이파리
얼음 속에 땡땡 박아 넣는

마늘쪽
민심

공달 꽃무릇

꽃무릇 진자리
들짐승 밟고 다니고

늦태풍 올라온 뒤
꽃 흔적 사라졌다

무심타 잎도 꽃도
볼 수 없는 공달 든 해
시월

고랑 꽃무릇

꽃과 잎 먼 거리에
강물도 지지 않았다만

비 오니 꽃들 사이
고랑이 나는구나

꽃무릇 꽃대 꺾여
다리를 놓는데

그대는 건너가고
나는 넘어오는구나

월식月蝕 꽃무릇

그대와 내가 달과 해와 같이
한 하늘에 엇갈리어 천 년을 기다려도 이별인 것은
아니 되오, 아니 되오
때로는 사무침에 낮달도 뜨거니와
해가 달을 뚫어지게 바라보면
달의 그리움 애가 녹아 그믐이 되듯
그리하여 지구 뒤에 숨어 깜깜해지듯
숨 막히는 그 순간이 잠시이어라
꽃무릇 며칠을 허벌나게 붉은 것은
꽃과 잎이 은근히 만나고 있음이니
불갑산 동백나무 아래 올라온 그대는
하루라도 더 머물다 가면 안 되오
아니 되오, 아니 되오
한낮의 낮달같이
한밤중의 월식같이
내가 그대에게
먹먹하니 눈멀게 하려느니

빗길 꽃무릇

꽃무릇
빗길에
울고 가는
스님

수도암 꽃무릇

험한 말 듣거들랑 구수재 타거라
궂은 일 당하거든 수도암 오르거라
어설피 슬프거든 참아 뒀다가
꽃무릇 필 때 묻어 울거라

동생 꽃무릇

동생은 아침부터 감 따자고 서두른다
지난해 이웃집 감 도둑을 경계한다
꽃무릇처럼 이맘때를 엿고* 있다

<hr />

* 엿다: '엿보다'의 옛말.

애린^{愛隣} 꽃무릇

밟힌 꽃 몇 개를 그늘에 두었다가
심사가 안쓰러워 애린 맘 시로 쓰니
햇살에 녹아 버린 꽃빛이 사는구나

소원 꽃무릇

소원은 있으나 말하지 않으련다
내 몸이 지더라도 꽃무릇 필 터이니
아비를 묻지 말고서 꽃 필 때 다녀가거라

폐경 꽃무릇

폐경의 여인이 다녀갔다
가슴으로 품어 주지 못했다
나도 고목처럼 말라 있다
그 계곡,
꽃무릇이 촉촉하게 핀다

넋

환장하게 흐드러져
갈대처럼 피어
바람을 쓰러뜨리고
달빛도 잡아먹고
지아비 잃고 화냥질하는
홀엄씨 넋 울음도 품었다 버리고
옷고름 풀듯
풀어헤치고,

독경 讀經

달팽이 빈 껍질 안에
벽지를 바르고
옷걸이 못도 몇 개 박고
대자리 깔고 누워
독경 외는 풀벌레 소리
한 가닥
난잎에 실렸다

땡초

안개를 젖혀 내고
눈썹에 고인 이슬도 털어 내고
굽어보니
산사 한켠
천 년 몰래 숨어든
세속의 달빛을
땡초가 호려 내어
측간 옆에 쪼그리고 앉아
허연 이 드러내고
히죽거리더라

선 방禪房

꽃대는
석등처럼 곧추선 자태인데
경내는 선승이 거나하게 취해서
목탁 소리 들이쉬었다 내뿜으며
곯아떨어져 있고
난잎에 동자승 낯빛 같은 석양이
냅다 중머리에 오줌을 갈기는지
선방의 문창이 불그레 젖네

새우란

열두 치마폭으로 허물을 감싸서
키워낸 난이더냐
구름을 채로 걸러낸 가는 비로
기른 난이더냐
가슴이 미어지면
눈물도 나오지 않는 법인데
연이틀
안개비만 목메게 내리더니
기어이 복받쳐 설움을 터뜨리는
난이더냐

춘란

난도 세상을 뜨는구나
청명한 몸빛
흙 한 줌 누렇게 바르고
한세상 후려낸 삶
질화로 같은 한이어서
풍물 치듯 솟구치는
불덩어리 가슴으로
봄 한 철 그득 담았던
토분을 지고 가는구나

연서

몇 해 묵은 낙엽 삭아
상사화만 무성히 우거진 개울에
물소리 들추어내고
슬며시 밀어 넣은
달빛의 연서

고독孤獨과의 동행同行, 정염情炎의 신화神話

기억記憶

안남이라는 방아꾼이 짓궂게 놀리던 기억이 떠오른
다. 어린 시절 아버지는 정미소를 했다. 발동기 소리가
부엌을 들었다 놨다 하며 요란했다. 기계를 잘 다루지
못하시던 아버지는 밀양으로 대구로 발동기 부품을 사러
다녀오시곤 했다.

호랑이가 토방에 살던 진돗개를 물어 갔다는 소문이
있던 날 이후 몇 날간 희뿌연 하고 불안했다. 어머니는
아랫목에 누워 계셨고 나는 무릎을 꿇고 어머니 손을 잡
고 있었다. 나중에 안 일이지만 종조할아버지께서 민의
원인가 선거를 나가셨고 그 일을 돕던 우리 집이 빚에
떠밀렸다.

달구지에 한 짐을 싣고 외가가 있는 영광 읍내로 이사했다. 그때가 여섯 살이었다. 아버지는 내가 초등학교 시절 집에서 염소와 닭을 치셨고 염소젖과 달걀을 팔아 생활했다. 아버지는 아침마다 염소젖을 배달하고 온 나에게 날달걀을 먹이셨다. 학교가 파하면 염소를 뜯기러 갔다.

밤마다 이를 잡고 포개 입는 속옷
물팍 나온 누비바지 멍덕 도꾸리
엄니가 개털로 절어 준 목도리 벙어리장갑
미나리꽝 홍청홍청 지치던 대 스키
그 시절 사비 연필 한 개 주던 교회당 크리스마스
금딱지 은딱지 성탄 추리

—〈성탄〉 전문

읍내 성산 중턱에 작은 교회당이 있었고 삐비 뽑고 띠뿌리 캐러 가다가 교회 마당에서 놀이를 했다. 연필을 타려고 성탄 며칠 전부터 교회를 다녔다. 사비 연필은 한 학기 내내 아껴 썼다. 동강 연필이 되면 친구들과 따먹기를 했다. 그때가 60년대였으니까 전기가 저녁때만 들어왔다. 불이 나가기 전까지 숙제를 하고 몸이 간지러워 뜩뜩 긁게 하던 이를 잡았다.

운동을 좋아해 읍내 학교 축구 선수를 했다. 내 문학

의 뿌리는 조숙에서 왔다. 초등학교 때부터 꿈틀거리는 의문이 있었다. 사람은 왜 사는가 하는 것이었다. 존재에 대한 회의와 인간과 우주의 탐구가 나를 정신적 미궁에 빠뜨리던 시기였다. 나는 뭔가 특별한 아이였다.

도시에서 공부하고 싶었다. 엄니를 졸랐다. 광주나 서울로 보내 달라고 떼를 썼다. 공부는 누구라도 이길 자신이 있었다. 꿈이 실현되었다. 중학교 때 서울로 전학 갔다.

그 시절 문학을 좋아하던 소녀가 있었다. 톨스토이와 헤밍웨이를 그녀에게서 들었다. 그녀가 들려주는 얘기로 막연한 문학의 꿈이 생겼다. 서울 올라가던 차부에서 노트 한 꾸러미를 그녀가 싸 주었다. 시골 학교에서 염소 치고 우유배달 하면서도 시험에는 만점만 받았기 때문에 서울에서도 공부를 잘할 수 있다는 포부로 부풀었다. 얼른 성공해 부모님 고생을 덜어 드리고 싶었다.

서울은 녹록지 않았다. 난독증이 왔다. 공부에는 치명적이다. 고등학교 졸업 후 고향에 돌아왔다. 신드바드처럼 세상을 여행하고 싶다는 꿈이 사라졌다.

아버지는 나에 대한 믿음을 꺾지 않으셨다. 저금통을 털어서 책보 가득 돈을 건네시며 대학 입학금이라고 하셨다. 그 돈으로 개간 땅을 샀다. 아버지와는 군대 마치고 대학을 가기로 약속했다. 땅은 척박했다. 구릉 산을

개간한 땅이라 물이 심각했다. 그해 가뭄이 왔다. 달밤
에 물지게로 물을 길어 농작물에 물을 줬다. 깨가 대박
을 냈다. 다섯 배가 뛰어올랐다. 이듬해도 물지게 농사
로 내 농사만 성공했다. 아버지는 아이들 다리통만 한
무를 들고 춤을 추셨다.

　　어머니 깨를 터시다 가신 밭 언덕에 걸터앉아
　　노을로 눈시울을 닦는다
　　아버지 그 밭에서 장딴지만 한 무를 캐시던 날
　　어머니 부뚜막에서 무 곰국을 끓이시고
　　우리들은 펄펄 끓는 온돌방에 발을 모우고 잤다
　　솜이불 속 아랫목에 누이 둘 빠져나간 몇 해 후
　　느닷없이 어머니가 발을 빼시고 눈길을 떠나셨다
　　뒤돌아보시는 어머니께 동생들은 걱정 말고 편히 가시라고
약속하고
　　언덕 밭에서 석양을 봤다
　　셋째 막내까지 깃털이 돋아 빠져나간 방에
　　군불을 지펴 아버지 병환을 돌보았다
　　아랫목에 묻어 놓은 밥 한 그릇마저 못 드시고
　　아버지도 발을 빼고 가시던 날
　　지체 장애 동생 데리고 언덕 밭에 가서 노을을 봤다
　　눈 안에 구름이 가득 차서
　　한꺼번에 쏟아지는 눈물을 동생 몰래 흘렸다
　　해는 지고
　　내일의 해는 다시 떠서 지는 밭에 발목을 묻고

몇 해를 살았다
언덕 위에 선 나를
석양이 넘어가고서야
돌아오곤 했다

―〈언덕 밭〉 전문,
첫 시집 《사금파리 빛 눈 입자》에서

어머니는 가마솥에 무 곰국을 끓였다. 그날 밤 우리
집은 잔치였다. 동네 어르신들도 모셨다. 몇 해 고생하
여 돈을 벌어 놓고 군대를 마쳤다. 아버지와 약속을 지
키기 위해 대학을 갔다. 그해 용꿈이 생생하다. 뭔가 운
명에 떠밀려 가고 있는 것 같았다.

난독증으로 책을 오래 볼 수 없어서 시를 쓰는 것은
희망이었다. 80년대는 반독재투쟁으로 대학 생활 반은
전투장이었다. 호헌 때 가투에 나갔다 눈앞에서 '사과탄'
을 맞았다. 얼굴을 가린 손에 선혈이 흘렀다. 모두 잡혀
가게 생겼다. 보도블록을 깼다. 보도블록 사용의 최초
였다. 나도 모르게 민주화시위에 빠져들었다. 총학선거
때 삼민투와 전대협을 발제했다. 4년이 쉽게 지나가 버
렸다. 시인의 꿈도 멀어지는 듯했다.

아담과 이브가 자리를 비운 사이
아담의 지팡이는 가지를 치고

이브의 리본은 꽃으로 피었는데
사슴이 몰래 스며들어 꽃밭에 누었다네.
낮잠 한 짬
이브의 아이들이 몰려와 꽃을 꺾었다네.
사슴은 시샘이 울컥 나서
꽃가지 머리에 이고 달아났는데
꽃가지 머리에 뿌리를 내렸다네.
아이들이 사슴에게 돌려 달라 소리쳐도
손사래 치듯
꽃뿔을 흔들거리며
혼비백산 달음질쳐 달아나던 에덴 그 동쪽
사슴은 모른 척 시침을 뗐다네.
사람과 사슴의 말이 같았는데
그 뒤로 사람은 말이 많아지고
사슴은 입을 다물고 살았다네.
사람들은 꽃사슴 뿔 나기를 기다렸다
냉큼 베어 잘라 먹었다네.
에덴의 꽃은 불멸이라
봄이 되면 사슴의 머리에
다시 돋았다네.
그걸 감추려고 사슴은 아직도 말을 않고 산다네.

— 〈꽃뿔〉 전문

이 시는 대학 때 신춘문예에 냈던 시다. 당선되지 않았는데 30년이 흐른 뒤 이어령 선생 TV 문학강좌에서 내 시와 조우를 한다. "사람과 꽃밭에서 놀던 사슴이 꽃가지를 뺏기지 않으려고 머리에 이고 다니다 뿔이 되었다는 기발한 상상력이 바로 시다"라고 말씀하신다. 아이러니다. 무용총 벽화에서 고구려 무사가 쏜 화살이 시대를 뚫고 날아와 종로의 가로등 밑에 웅크리고 있는 내 가슴을 관통한다는 내용의 이듬해 투고도 당선은 되지 않았는데 그다음 해 비슷한 글이 당선되는 것을 봤다. 안타까운 샛길을 돌며 문학을 했다.

시들이 모방되고 차용되는 것을 보면서도 쾌감을 느낀다. 나는 호명 받지 않지만 내 시들은 빛을 보고 있었다.

고향에 내려왔다. 어머니가 갑자기 쓰러지셨다. 내가 백방으로 뛰어다녔으나 어머니는 끝내 돌아오지 못하셨다. 보름을 자지 않고 간호하며 어머니 곁을 지켰던 것도 허사였다. 어머니 추모시를 썼다. 쓰고 나니 76행의 긴 시다. 그해가 원기(원불교 기원) 76년이었다. 불자이셨던 어머니를 해원해 드리고 싶었던 시였다. 조문 오신 분들이 모두 눈물을 적셨다. 이듬해 그 시를 지역 문예지에 발표했다. 많은 분들이 읽어서 추모를 하면 어머니께서 좋은 곳에 가시겠다는 소박한 믿음이 있었다.

그것이 나의 시작 활동의 시작이었다. 정신적 충격과 기혈이 허약해져 2년 넘게 폐인이 되었다. 할 수 있는 것은 컴퓨터 앞에 앉아 워드 창을 들여다보는 것이었다. 낙서가 유일한 활동이고 취미였다. 그게 시작 수업이 되

었다. 그즈음에 쓴 300행 정도의 장편 서정시는 내가 제
일 아끼는 시가 되었다.

정염情炎

새가 앉았다 날아간 나무만이
숲을 얘기할 수 있네
숲처럼 어두운 빈방에서
슬픈 눈빛을 등불에 흘려보내며
푸른 그림자를 드리우고 앉아 있을 때
나는 숲 속의 나무가 되네
날개를 퍼득일 때마다
물에 젖은 깃털처럼
어둠에 빠져드는 고독
언제부터인가 내 마음에 키웠던 새가
내 곁을 떠난 뒤로
나는 인생을 얘기할 수 있었네
푸름은 푸름으로 덮어 두어서는 숲이 되지 않음을
스스로 새가 되어 노래할 때까지는
나는 빈 방의 숲 속에서 침묵하였네
(중략)
숲 속에서는
덩굴로 자라는 언어들이
푸름에 취해 잠든 나무의 육질을 어루만지며 기어오르고
사위로 펼쳐진 잎들은 숲의 내음을 맡고 있었네

160

덩굴은 곧게 뻗은 물체를 의지하지 않고
기어이 나무보다 더 높이 올랐네
나는 당신을 알 수 없지만
몰입하는 한 지점을 향해 멀어졌다 다가서는 시계추처럼
한 눈금의 시간을 채우기 위해 당신의 전화벨 소리를 기다
렸다면
그대는 이해할 수 있을까
한 바가지 샘물로 남아 있는 생명을 축이며
그대에게도 적셔 줄 한 모금 물을 남겨 놓는 이유를 알 수
있을까
엎드려 그대에게 시를 쓰는 동안은
그대의 외로움을 감는 긴 호흡을 느끼느니
숲에서는 사색이 깊을수록 고독한 언어의 줄기들이
잎을 피웠네
―〈새가 앉았다 날아간 나무만이 숲을 얘기할 수 있네〉 부분,
《사금파리 빛 눈 입자》에서

　이 시를 쓸 즈음 몸이 무너져 다시 건강을 찾을 수 있
을까 걱정했다. 오래 살지 못할 줄 알았다. 아픈 모습을
보이기 싫어 두문불출하였다. 평생 은거를 즐기는 습성
이 이때부터 생겼다. 어린 시절 말같이 달리고 훨씬 큰
형들과 싸워도 물러서지 않던 그림들을 기억의 도화지에
오려 붙이며 투병했다. 지역 문예지 활동과 농사일을 조
금씩 거드는 일이 전부였다.
　그렇게만 살 수 없었다. 내일 죽더라도 일어서야겠

다고 마음먹었다. 미친 소처럼 일했다. 추수철에는 40 킬로 쌀을 천 가마씩 실어 날랐다. 싣고 푸고 창고에 쌓았으니 3천 번 힘을 썼다. 밤이 되면 곤죽이 되었다. 자기 전 짧은 틈이 최고의 위안이었는데 시를 읽거나 쓰는 시간이었다.

90년대 우리 지역에선 반핵운동이 일어났다. 핵발전소 3·4호기가 완공단계에 있었다. 부실시공 제보가 잇따랐다. 그대로 됐다가는 사고가 날 수 있다는 우려가 팽배했다. 몇몇 단체에서 때리고 빠지는 싸움이 있었다. 문학이 해야 할 일이 있을 거라는 의견이 모였다.

〈칠산문학〉 사무국을 맡고 있던 나는 안전성 촉구를 위한 반핵 평화를 슬로건으로 내세웠다. 반핵 환경 시화전을 기획했다. 갤러리 시화전이 아닌 거리 시화전이었다. 이름을 '걸개시화전'이라고 지었다. 제작이 문제였다. 천에 그림과 시를 그리는 것은 전문 화가가 아니면 할 수 없다. 광주에서 활동하는 홍성담, 전정호 화가에게 도움을 요청했다. 환경시와 우리 지역 반핵시 60여 점이 제작되었다. 가로수에 빨랫줄을 걸어 부착하는 형식이었다. 문학 강연과 거리 시낭송, 사진전을 같이 하기로 했다. 전남북 문인에게 파발을 띄웠다.

결정적으로 역사적 사건을 만든다. 반핵활동이 전국적이고 지속 가능하게 하기 위하여 원불교 천주교 합동

미사법회를 갖기로 한다. 천주교 박재완 신부님과 원불교 정수덕 교구장님에게 수차례 찾아가 요청드린다. 원불교 교무님들과 교도들은 북에서, 천주교 신부님과 신도들은 남에서 촛불을 들고 오시게 했다. 백여 명의 촛불이 읍내의 해거름 거리를 걸어 나오자 주민들이 줄을 이어 따라왔다. 우리들이 연습해 연주하는 사물놀이와 광주 작가와 함께 왔던 박문옥 가수의 노래에 반핵시위가 문화축제가 되었다. 문병란 시인이 반핵을 주제로 문학 강연을 했다.

행사가 시작되면서 소등을 유도했다. 그것이 촛불과 소등의 시초다. 비폭력 무저항 민중투쟁을 표방했었다. 94년도였으니까 23년 전 일이다. 그해 번 돈을 행사 비용에 다 썼다. 그 이후 5·6호기 건설 중지를 위해 절서 사건, 만장투쟁, 상여투쟁, 벽시 등을 진행했고, 핵 폐기장 투쟁에 구속되며 반핵 3대첩을 했다. 5·18과 80년대 반독재투쟁에 이어 반핵을 실천한 셈이다. 그때의 현장시들은 다음 기회에 엮기로 하겠다.

컴컴한 동굴 안에서 비가 내린다
송진 기름이 연통 아래 떠돌다
유다의 발자국 소리를 따라오는
로마 병정의 군홧발 소리로
비가 내린다

이마에 붉은 혈한血汗이 맺힌다
주께서 뭐라 했었다
유다를 나무랐었나
내 졸렬로 비난했었나
몸에 묻으면 얼룩이 지는 송진 같은
비가 내린다
그 비를 맞고 있는 폐목들이
활활 탄다
뭐라 했었을까
주께서 자신을 팔아 은전 한 꾸러미를 챙긴
유다에게 뭐라 했을까
송진 기름이 떨어지는 불길 속으로 들어가라 했을까
아니다
너의 죄가 아니다
너를 제자로 둔 내가 죄이다
너의 죄를 용서하는 내가 죄이다
원수를 사랑하라
그리 말하셨을까
오늘 죽는 예수는
오늘 사는 것이다
그리 말을 하셨을까
내가 유다일까
예수가 부활하며 벗어 놓은 성의의
핏자국일까
송진 빛 혈흔일까
영원히 부화하지 못하는 무정란일까
날지 못하는 앉은뱅이 타조일까

화덕 안에
비가 내리는데
화광이 인다
번개가 친다
면류관의 예수가 화형을 당하고 있다
피가 비처럼 흘러내린다
화덕이 고요하다
숯불이 반짝인다

—〈혈흔血痕〉전문

　시대를 앞서간다는 것은 박해의 길을 가는 것이다. 영원히 부화하지 않는 꿈을 꾸는 것이다. 죽고 난 다음에야 불러 주는 호명이다. 그러나 유다는 죽어도 죄인이다. 어느 나라 어느 시대 군대가 돈을 주며 죄인을 잡는가. 죄인을 잡기 전에 돈 꾸러미를 안겨 주는가. 죽으실 줄 아는 성인이 군대를 피해 다니셨을까.

　예수는 광장에서 하시던 일을 하고 계셨을 것이다. 그 은전 꾸러미, 유다가 영원히 누명을 안은 증거물, 예수를 가리켜 "저이를 살려 주십시오"라고 로마 병정을 매수하는 돈은 아니었을까. 자신이 역사의 죄인으로 누명을 쓸 것이란 것을 알고 로마 병정을 설득하며 애걸하였을까. 그렇다면 그는 최후의 순간에 예수를 살리려 했던 제자이고 마리아로 하여금 예수의 성신을 받으라 계획했던 성인이다.

나의 시는 회의한다. 진실로 고착되어 버린 것을 의심한다. 사슴이 머리에 꽃가지를 이고 다니다 뿔이 되었다고 상상한다. 사실이 아닐지라도 사실을 다르게 생각한다. 내 시는 화덕 안에서 피를 비처럼 흘린다. 화염이 폭발한다. 그리고 재가 된다. 살아서 영광의 화환을 기대하지 마라. 불을 보면서 시를 쓰는 순간이 최상의 보상이다. 나의 시는 주를 살리기 위해 누명을 쓴 유다이다.

오랫동안 문학적으로도 감금되었다. 내 문학의 특성은 유폐다. 세상의 문학의 흐름이 중요치 않다. 몸이 성치 않고 너무나 큰 사건을 저질러 버린 역린으로 외면을 받았다. 사람의 발길이 닿지 않은 갈라파고스 섬이 되어 내 언어의 생물들은 생명의 변이를 가져갔다. 어느 시는 갈대처럼 흐느끼고 어느 시는 긴 줄기를 뻗어 매듭을 이어 가며 장편 시가 되었다. 시위현장에서 구호처럼 내뱉는 현장시가 있는가 하면 평생 동굴에서 홀로 사는 마녀의 흐느낌 같은 서정시가 있다. 시마다 개성적이고 유사 생물과 교배되지 않고 오로지 생존의 의지만으로 진화하는 원형질의 시, 아마 나는 내 시의 자존도 그것에서 찾고 있는지 모른다.

이번 시집 《화인》에서는 단편 시들과 화두처럼 몰두했던 불에 대한 명상이 담겨 있다. 그 안에는 내가 살고 있는 모습이 구체적으로 서술되기도 하고 탱자가시로 터트린 다래끼를 짜고 난 뒤 주저앉은 살 두덩 같은 물씬한 감정이 드러나기도 한다. 시적 형상을 크게 신경 쓰지 않았다. 나에게 주어지는 영감의 글 줄기를 잡고 써 내려 갔다.

불은 사위어
인생만큼 남았다
불에 단
숯덩이
백탄이든 흑탄이든
타고 남으면
재가 된다
내가 부족하니
사는 동안
한 사랑만 하련다
이 말을 하려고
여태 잠들지 못했다

— 〈탄炭〉 전문

솔직한 진술이다. 부끄럽기도 하다. 속내를 말로 드 러내지 않아도 된다. 불꽃이 지면 숯이 달궈 항성의 표 면처럼 일렁인다. 그 순간 인생을 느낀다면 어느 누가 숙연하지 않겠는가. 설혹 잊고 있었더라도 은연중에 떠 오르는 이가 있다면 나머지 생을 그에게 주고 싶다는 말

일 것이다. 처연함이나 아쉬움이나 연민 같은 것이 개입
될 수 없는 그냥 그대로의 순수이고 지순이다. 어찌 사
람만이 대상이겠는가. 내가 사는 것에 대한 신념, 시를
쓰는 삶에 후회 없음을 말한다고도 볼 수 있다.

　　나는 낙숫물이 떨어지고 볕이 드는 방앗간 모퉁이에
서 나무토막을 모아 자동차를 만들고 있었다. 지붕이 개
방된 지프차였는데 운전석과 조수석, 마지막으로 뒷범
퍼에 기름통을 다는 순간 어른 발이 들어와 툭 차고 가는
것이다. 안남이다. '으앙' 안남이는 웃으며 달아나고 나
는 물어내라고 울며 쫓는다. 발동기 소리가 멎고 엄니는
부엌문으로 밥상을 들여오고 문지방 건너 재봉틀과 농이
있는 방으로 안남이는 도망가듯 들어가 버린다. 뒤따라
간 나를 안남이가 번쩍 들어 올리며 더 멋지게 만들어
준다고 달랜다. 안남이가 엄니에게 호되게 야단맞는다.
　　유아기의 안남이는 친구이고 적이었다. 며칠 전 그때
살던 방앗간을 찾아갔다. 동네 사람을 만나 안남이 소식
을 물었다. 오래전에 죽었단다. 살아 있는 것은 소멸하지
만 내가 사는 동안에 내가 기억하는 것은 떠나지 않는다.

　　나무는 쓰임이 다하면
　　불이 되는데 사람은 몸이 삭아도

이승의 연을 태우지 못한다
불 앞에 천 일만 화부로 앉아 있으면
불꽃이 되려나
불이 되어 화염의 길을 따라 허공을 걸어갈 수 있으려나
사람의 유산을 남기지 않고
사람의 유전을 버리고 가면
결국 불꽃 속에 들겠지
화덕 앞에 앉아 불을 지피며
내 사람의 언어를 나무에 숨긴다
나무의 형질을
내 몸에 음각한다

　　　　　　　　　　　　　—〈이승의 연緣〉 전문

　　사람은 나무처럼 생명을 버리면 타버릴 수 있는 가연
물체인가. 용광로의 화염으로도 태울 수 없는 인연의 넋
들, 사랑이든지 이념이든지 종교적 정념이든지 불가연
성의 속성이 있다. 태우고 분쇄하고 썩혀도 남는 형질,
역사를 이루고 영혼을 지배하는 것이다. 나의 역사 속에
는 어린 시절의 기억이 남아 있고 그 안에 안남이와 방앗
간이 있다. 안남이는 생명이 다하여 죽어 버렸다. 그렇
지만 그의 모습과 특성과 생각까지도 내가 가지고 있다.
억지로 가지고 있을 이유도, 그렇다고 버릴 까닭도 없지
만 지프차의 기름통처럼 꼭 그곳에 있어야 완성되는 모
형도이다. 어찌 안남이만 있겠는가. 윤동주의 별을 헤

는 날 밤의 무수히 스쳐 지나가는 친구들 이름 같은 것.

그러나 불 앞에서는 자연으로 환원하여 버리는 운명,
나무처럼 숲의 기억을 상실하는 숙명을 받아들여야 하는
것을 자각한다. 한 인생이 만들어 낸 자기 안의 문화가
비로소 사라지는 것이다.

바람은 보이지 않으나
지나는 줄 안다

그 바람 태풍일 때
중심은 고요하다

마음 안
원 그리는 것
수억 겁
바람줄기 잡고 돌리는 것이다
내 곁을 스쳐 가는 무수한 바람
원을 품고 있다

그 바람
오는 소리 들리나
가는 소리 없다
　　　　　　　　　—〈원圓〉 전문

어머니는 새벽마다 하얀 사기그릇에 물을 채워 부뚜

막에 올려놓으셨다. 조왕신을 위한 것이다. 정월 초하
룻날은 초하루 시루를 해서 모셨다. 그러나 나는 어머니
신앙의 본체는 모성으로 생각한다. 외가에서 내려오는
인습 신앙, 해방 전후 잠깐 접했던 신문화, 처녀 때부터
다니셨다는 원불교, 읍내 원각사 주지 여승과의 평생 교
분으로 인연을 맺은 불교를 모두 관통하는 것이 바로 모
성이다. 생활이 힘들어서 밤낮으로 부지런하셨다.

나에 대한 애정은 극성스러울 만큼 크셨다. 속옷은 떨
어져 기워 입혀도 겉옷은 때깔 나는 옷을 입혔다. 운동
회 날 1등으로 뛰는 아들을 따라 몸뻬 입고 같이 뛰셨다.
나의 정신적 교만은 종교를 받아들이지 않았지만 어머니
돌아가시고 나서 어머니 빈자리를 메워 드리기 위해 3년
을 원불교에 나갔다. 이를테면 3년 시묘를 모신 것이다.
유가적 태도. 사는 것이 별거 아니다. 인습이 삶을 지
배한다. 3년 후에 탈복을 하듯 원불교를 나가지 않았다.
그러나 깨달음은 있다.

마음 안/ 원 그리는 것/ 수억 겁/ 바람줄기 잡고 돌리는 것
이다/ 내 곁을 스쳐 가는 무수한 바람/ 원을 품고 있다

이 한 줄의 시가 나의 화두이다. "그 바람 태풍일 때/
중심은 고요하다"는 깨달음을 얻었다. 살아 계신 어머니

의 교훈이고 돌아가신 어머니의 빈자리에서 들었던 유훈이다. 힘들 때마다 어머니 음성이 징징 운다. 태풍의 소리를 뚫고 들려온다. 그리고 평온하다. 삼천법계三千法界 삼라만상森羅萬象이 내 안에서 잠든다. 그렇지만 내가 태풍을 감고 있다.

그 바람/ 오는 소리 들리나/ 가는 소리 없다

나는 해탈한 것도 아니고 또 다시 살아 계셨던 엄니를 부르는 아이가 된다. 가는 소리 없다.

영산 연못에
연꽃이 남아 있을까
천둥 길 비껴 내린 소낙비
연잎에 떨어져 구르는 소리 들을 수 있을까
못에 떨어지는 물방울 목탁에
늦깨어나 내미는 꽃이 있을까
달이 한 쪽 떠간 밤하늘 아래 서 있는데
연이 문득 머리에 핀다
몹시 그립다
백련 꽃잎에 그려진 탱화 같은
사랑은,
— 〈연꽃 보러 가련다〉 전문

소녀는 시를 암송하였다. 헤르만 헤세의 〈안개에〉란 시다. 인생은 안개다. 곁에 있어도 안개에 가려 볼 수 없다. 목소리는 물의 포자에 싸여 사방으로 흩어진다. 차창으로 손을 내밀어 잡았던 온기가 오랜 시간이 흐른 뒤에도 그대로 남아 있다. 마법처럼 다른 얼굴로 곁에 오기도 한다. 연꽃을 보러 갈 때면 연잎에 얼굴을 묻고 울어 버린 여인이 있을 것만 같다.

"몹시 그립다/ 백련 꽃잎에 그려진 탱화 같은/ 사랑은," 후렴부의 이 한 구절 얻기 위해서 연꽃이 피는 영산을 한 해 동안 기다렸는지 모를 일이다. 한 묶음 노트에 깨알같이 시를 썼다. 시집으로 노트를 돌려준다.

아침 짬 유리창에
채송화 꽃물 들었다
낮에는 오므릴 꽃잎
닫힌 유리문 건너 피었다
채송화 마주하는 것이 좋아
오전 내내 바라본다
　　　　　　　　―〈채송화〉 전문

채송화 핀 뜰은 피안의 세계처럼 닫혀 있다. 가시광선이 통과하여 똑같은 거리의 원근만으로밖에 볼 수 없는, 더구나 잠시 후에는 오므려져 버릴 꽃잎, 그럴 줄 알면

서도 그 순간이 좋아 하릴없이 바라본다. 평생 그런 사
랑으로 살아왔다. 문을 열고 뜰에 나가 만져 볼 수 없다.
유리문에 비친 채송화는 사라진다. 바라만 보고 있으리
라. 혼자 사는 내 집의 뜰에는 채송화가 피어 있다. 채
송화 붉은 입술로 시를 낭송하고 헤르만 헤세를 들려주
던 소녀가 생각난다.

동행同行

어머니는 깨어나지 못하셨다. 마비되지 않은 한쪽 눈에
눈물이 젖었다. 눈물을 닦아 드리며 동생은 나에게 맡겨
놓으시고 편히 가시라고 말씀드렸다. 동생은 꼭 책임지겠
다고 어머니 손을 쥐었다. 동생은 정신지체 장애다.

미안하다 아우야
내 눈의 불꽃이 글썽글썽 탄다
네 눈의 불꽃도 그렇게 타느냐
우리는 서로의 얼굴을 흘기지 말자
화덕만 보고 있자
어머니 우리는 울지 않아요
불꽃이 따가울 뿐이네요
부엌방 구석에서는 밥이 끓고
데워진 국 냄비는 탬버린처럼 들썩거린다
다 되어 간다

174

뜸 들면 밥 먹자
밥 앞에서 동생과 나는 박애주의자다
우리는 행복합니다
어머니 울지 마세요
내가 어머니 눈물을 대신 흘려 드릴게요
화덕 안이 열기가 가득 차면
눈에 불꽃이 흘러들어 눈물이 폭포처럼 떨어진다
아우야 너의 눈은 별이 떨어지느냐
눈 안에 별빛이 고여 있다
봄이 오면서 폐목이 떨어져 간다
화덕과 평화선언을 해야 한다
불꽃은 목을 떨구며 사그라지고
밤하늘에 매화들이 손을 쳐들고 있다
화덕 벽에는 매화 꽃잎이 별처럼 떴다
달이 매화를 밟고 지나간다
　　　　　　　—〈어머니 우리는 울지 않아요〉전문

　아버지도 오랜 투병을 하셨다. 암이 재발하였고 20년 병원을 다니셨다. 동생과 둘이 남았다. 밥을 챙기기가 쉽지 않다. 어머니가 보고 있는 것만 같다. 어머니는 눈물이 많으셨다. 날은 추워지고 화덕을 지피며 겨울을 난다. 일을 놓았다.

　성한 동생들 모두 여우고 부족한 동생 데리고 산다. 아버지는 가시면서 고맙다고 손을 잡으신다. 무거운 일 하지 말고 내 할 일 하고 살라신다. 아버지께 자식 도리 해드리지 못한 것만 죄스러워 가슴이 미어진다. 시만 썼다. 시도 일하듯이 썼다. 어머니가 책상 머리맡에 걸어 놓았던 베토벤 초상화처럼 시상에 몰두하였다. 한 3년 그렇게 살다 보니 시가 저절로 찾아왔다.

동행하였던 분이 또 있다. 노철학자와 원로 작가분들이 계셨다. 우리 지역 출신이신 정종 선생은 동국대 교수를 하시다 정년퇴임하시고 고향에 내려오셔서 독서와 집필과 강독을 하셨다. 눈이 반실명이셨다. 불편을 도와 드렸다. 나는 직접 음식을 만드는 터라 15년 국을 끓여 드렸다. 저녁마다 한 시간 동안 선생께 서간과 신문 사설을 읽어 드렸다. 간혹 대필도 해드리고 나들이도 함께했다.

나는 선생과 소통이 되는 고향 문인이었다. 선생께서 100년 전 태어나셨으니 일제 강점기와 해방 격동기를 겪은 분이시다. 일본 유학 후 고향에서 교편을 잡기도 하셨다. 어머님 은사이시다.

선생은 조운, 남령, 소청 등 우리 지역 대표 작가들과 동시대 분이시다. 시를 무척 사랑하셨다. 내가 시를 쓰는 것을 격려하고 기뻐하셨다. 선생께서 나에게 박사학위를 수여하셨다. 물론 정식은 아니지만 선생과 내가 그만큼 친히 지냈다. 다시 말해 선생께서 나보고 시와 학문을 평생 놓지 말라는 뜻에서 주신 것이다. 선생과 같이 있었던 20년이 외롭지 않았다.

　웬 놈의 시를 신문 기사 쓰듯 쓰냐고
　환청이 들린다
　화염은 위로만 솟구치는 것이 아니라
　지구가 자전하듯 화덕 안을 돈다
　그래도 불은 돈다
　갈릴레이처럼 중얼거린다
　(중략)
　무슨 시를 그렇게 쓰느냐
　시인은 일 년에 한 편만 나와도 시인이다
　네 선생님
　그것을 모르는 바 아니나
　상처는 시가 됩니다
　상처가 많아 그만큼 시를 마구 씁니다
　저는 시를 쓰기 위해서 오늘도 몸을 자해했습니다
　온몸이 가시밭입니다
　알몸으로 불 앞에 앉습니다
　화덕의 불길이 알코올처럼 따갑게 스며듭니다
　선생님 돌아가실 때까지만
　스스로 상처를 내겠습니다
　시집 한 권을 불길에 넣고 지피겠습니다
　시들이 솟구치면서 화덕을 돌며 춤을 추면
　나도 사람이 그리웠나 하고
　울겠습니다
　　　　　　　　　　　　— 〈사람이 그립다〉 부분

물론 선생과의 대화는 아니다. 선생을 그리며 하는 독백이다. 글을 쓸 때 선생은 요양원에 계셨다. 종종 선생께 시를 읽어 드렸다. 내가 월북 작가 조운 시인 생가를 보존하고 있다. 그것도 선생과 내가 가까울 수밖에 없는 이유였다. 조운 시인은 〈구룡폭포〉, 〈석류〉 등 불후의 명시를 쓰신 분이다. 선생은 조운, 박화성, 조희관, 현암, 초정 이후 고향의 문맥을 이으셨다. 선생이 뛰어난 문체를 가지신 것도 청년기의 문학 수업 덕분이다.

쌀 한 자루에 천 원씩 벌어서 사는 일의 밑천으로 쓰려고 모은 돈으로 덜컥 선생의 생가를 매입했다. 생가가 없어지게 생긴 일이 벌어졌는데, 고을에서 안타까워는 했지만 나서는 사람이 없었기 때문이다. 10만 개의 쌀자루를 짊어져야 버는 돈을 던져 버렸다. 그 이후 몹시 퍽퍽했지만 조운 생가는 내가 시를 놓지 않는 배경이 되었다.

이번 시집 《화인》은 동생과 사는 얘기들이 담담하고 사실적으로 묘사되어 있다. 자칫하면 통속할 수도 있겠으나 수십 편의 시가 들어가는 시집이 시적 완성도만 가져갈 수는 없다. 때론 허술하기도 하고 고백적인 얘기도 있어야 지루하지 않다. 짧은 시편들은 절묘하고 솔직하다. 밋밋하지 않다. 시적 여운의 편린들이 돋아 있다. 인생을 많이 살아 버린 작가의 숙련된 음성처럼 부드러

우면서도 단단하다.

불에 대한 명상은 처절한 연단의 고통이 녹아 있다. 이대로 멈추지 않을 영적 영감이 불꽃으로 터져 나온다. 삶과 죽음의 경계를 지나온 사람만이 말할 수 있는 주술과 같다. 인류의 문명은 불로부터 왔다. 그 시원의 불꽃을 언어로 터트리고 있다.

기어이 데고 말았다
불덩이를 꺼내
가슴에 넣었다
살이 타는 냄새를 싸안고 울었다
　　　　　　　―〈화인火印〉 전문

고향에 내려와 꽃을 만난다. 어머니를 여의고 보름 만에 10킬로가 빠졌다. 꽃가지처럼 말라 갔다. 바다를 자주 찾았다. 법성포 포구 앞 개펄의 칠면초와 봄부터 여름까지 두견 울음 같은 노을을 보러 해안도로에 갔다. 그 붉은 빛들이 9월 초 불갑산 계곡으로 몰려갔다. 꽃무릇 바다가 되었다. 참았던 울음이 터졌다.

그때 꽃무릇은 알려지지 않았었다. 아는 사람들만 즐겼다. 꽃무릇은 개화 시기가 짧다. 초가을 열흘쯤 바짝 붉게 피었다 진다. 자생군락으로 나무나 바위 그늘에 꽃대가 올라왔다. 한 해에 한두 편씩 꽃무릇 시를 썼다.

그렇게 모아 둔 시가 한 권 분량이 되었다.

　남도의 산야는 나를 미치게 한다. 봄에는 춘난을 주고 여름 영산은 백련이 핀다. 가을이 들어서는 불갑산은 상사화 불바다다. 겨울에는 화덕을 지피며 불꽃을 본다.

　　험한 말 듣거들랑 구수재 타거라
　　궂은 일 당하거든 수도암 오르거라
　　어설피 슬프거든 참아 됐다가
　　꽃무릇 필 때 묻어 울거라
　　　　　　　　　　─〈수도암 꽃무릇〉 전문

　슬플 때마다 울 수 없다. 험한 말을 담아 둘 수만도 없다. 삶이란 그렇다. 어느 한 순간 넘쳐서 폭발한다. 꽃이 그렇다. 모든 꽃들은 발정이 절정에 달하면 만개한다. 꽃무릇은 열매를 맺기 위해 수분을 교착하지 않는다. 겨울 인동의 시간을 보내고 봄여름내 짙푸르다가 잎을 감춘 뒤 꽃대를 올려 봉두난발蓬頭亂髮 같은 꽃잎을 터트린다. 꽃과 잎이 서로 만나지 못해 지어졌다는 이름 '상사화'로 핀다.

　땅속에 묻혀 있는 구근이 밟히고 채이다 쌓인 울분, 혹은 눈 속에 묻혔다 땡볕에 지는 순명이 비로소 고개를 내밀고 울어 버리는 것인가.

난도 세상을 뜨는구나
청명한 몸빛
흙 한 줌 누렇게 바르고
한세상 후려낸 삶
질화로 같은 한이어서
풍물 치듯 솟구치는
불덩어리 가슴으로
봄 한 철 그득 담았던
토분을 지고 가는구나
　　　　　—〈춘란〉 전문

　한때 난을 가꾸었다. 산길을 걷다 우연히 잎에 줄무늬
가 있는 난을 만났다. 집에 가져와 몇 해 꽃도 올려 보고
구근도 늘려 키웠다. 난이 고가품도 있고 희귀종도 있다
는데 그런 것엔 관심이 그리 없었다. 소심(꽃의 혀와 꽃대
가 녹색이나 흰색인 난)이 제일 좋았다. 고가구 위에 올려
놓으면 촛불을 켜 놓은 것 같다. 밖에 나갔다 들어오면
먼저 찾는 것이 난이었다.
　집안에 큰일이 있었다. 한 달 동안 집을 비웠더니 난
이 말라 갔다. 품어 주지 않으면 떠나는 것이 당연하다.
내가 사랑이 부족하여 모두 떠났다. 부모님도, 산 전체
를 덮었던 꽃도, 노을도, 방 안에서 내 눈을 늘 행복하
게 하던 난도, 여인들도 내 가슴의 사랑이 박하여 떠났
다. 그 뒤로 난을 치지 않았지만 올해는 뒷산에서 몇 분

옮겨 오고 싶다. 그냥 춘란이면 된다. 인생의 길벗에 그만하면 되지 않겠는가.

　출판사 편집실에서 자서 해설을 넣으면 어떻겠냐고 물어 왔다. 처음에는 난색을 표명했으나 시가 그만큼 독특하고 개성적이어서 누가 건들기가 쉽지 않겠다는 의견을 받아들였다. 평론을 해보지 않아서 무척 난감했다.

　아무도 알아주지 않는 내 시를 늘 최고라고 치켜세우시는 김준태 시인께서 격려를 주신다. 지음이다. 정종 선생께서도 그러셨다. 그 힘으로 20년을 버텼다. 오세영 시인님께도 감사드린다. 아, 하마터면 빠트릴 뻔했다. 모교 은사이신 윤사순 교수님께서 우연히 내 시를 접하시고 연락을 주셨다. 조지훈 시인의 향기가 나는, 아니 지훈 시처럼 화려하지는 않지만 담담하고 깔끔해서 좋다고 극찬해 주신다. 출판을 도와준 이형성 박사가 다산도 자찬 묘비명을 썼다고, 자찬自撰이 흠이 아니라고 귀띔해 준다.

　다음에는 동양 세계관과 문명을 다룬 서사시를 쓰고 싶다. 아, 이제야 내가 시인이다.

나남시선